U0770094

抱璞集

周方林 著

北京燕山出版社

周方林，男，一九六三年生，山东省鄄城县人。一九八二年七月毕业于菏泽师专中文系。长期在基层从事历史文化、政治理论研究和理论宣传教育工作。主编走出困境和鄄城史萃，著有论孙膑、散文集时光与影、诗集时间的记忆等，另有理论文章、散文和诗歌作品见诸国内报刊。

序一

我与方林先生并不相识，但他曾经的同事樊庆彦博士是我的学生，前几日转达了方林先生的意愿，希望我能够为方林先生这部诗集写几句话。有感于方林先生的勤奋和信任，虽然我对诗歌缺乏研究，但却之不恭，谨当从命。

方林先生这部近六百首的诗集内容非常丰富，若依照传统的诗歌题材分类可分为山水田园诗、怀古咏史诗、咏物诗、悼亡诗、哲理诗、送别诗、讽喻诗等等。古代的山水田园诗以描写自然风光、农村景物以及安逸恬淡的隐居生活见长，诗境隽永优美，风格恬静淡雅，语言清丽洗练。三国时的曹操和东晋时的陶渊明分别开山水诗和田园诗先河，唐代出现了山水田园诗派，王维、孟浩然则是其杰出代表。古代田园诗非常重要的一个宗旨是表达人们对安逸恬淡的隐居生活的向往，这是因为人们厌倦了尔虞我诈的官场仕途，希望能够回归自然，无拘无束，娱情洽意。今人的生活环境与古人不同，其主旨也就发生了变化。本诗集中的《田园居》《游山乡》《乡间独酌》《山居》《入新村居有感》《闲居故乡有感》《初春入居故乡》等，可以视为吟咏田园的诗作，集中表现了作者对家乡的热爱和恬淡自然的心境。如诗集第一首《田园居》：

栖身在田园，安居无世患。乡野偏僻地，嬉游乐清闲。信步乡径绝，坐看云舒卷。高歌抒心意，河荡气飞旋。

再如《乡间独酌》：

田园清闲日，独酌花自恋。风去云汉渺，邻鸡暮无喧。酒浓意情纵，秋葵味清淡。今宵世情远，无语向自然。

我曾经有三年的知青生活，由于也曾读过几首古人的田园诗，所以对农村还真是充满了美好的憧憬，对于离开省城没有丝毫的遗憾和犹豫。然而当真正来到农村之后，才切身体会到了稼穑之艰，生存之难。“暧暧远人村，依依墟里烟。狗吠深巷中，鸡鸣桑树颠」之类的村景是有的，但「开筵面场圃，把酒话桑麻」的乐趣却极难寻觅。或许在衣食无忧、机械耕作的今天，才能够体会到方林先生田园诗中的清闲与惬意吧，这不由得又勾起了我早年对农村田园生活的向往。

相比之下，我更喜欢山水诗，因为它的意境更为开阔，引导人们步入名山大川、胜景古迹，大有目不暇接、荡气回肠之感。方林先生的山水诗数量很多，足迹遍布长城内外，大江南北。五岳之泰山、华山，道教圣地之武当山、崂山，佛教圣地之五台山、普陀山、峨眉山，北京之西山，东北之长白山，西藏之雪山、喜马拉雅山，以及黄河、南海、纳木错湖等作者都有诗作吟咏。且看：

《登泰山》

五岳独尊居东方，气吞霄汉历沧桑。虎视黄河起祥瑞，龙飞九天著辉煌。追风揽月昂巨首，摩日赶云挺脊梁。玉皇登天情未了，神舟破宇踏星浪。

《泰山夕照》

沟壑丛林起微风，山峦翘首夕照明。阳光遍洒金黄色，高低远近却不同。草木自知冷与暖，石头贵贱也分种。谁人知晓天之道，富贫贵贱自奋争。

前一首采用拟人化的手法，写出了五岳之尊的不同凡响、气势磅礴，显示了作者的博大胸襟。后一首则运用寓理于景的手法表达了对人生的理解和把握。

在中国传统文化中，佛道二教有着重要的地位和影响，佛道寺观往往深藏于风景秀丽的丛林山壑之中，吸引着虔诚的善男信女们不远千里前来顶礼膜拜。《登临武当山》写到：

千里慕名来神山，健步天梯参金殿。香雾缭绕信众拜，汉江远去一线天。

武当山风光旖旎，山川秀美，众峰嵯岈，高险幽深，是著名的道教圣地，其绚丽多姿的自然景观与源远流长的道教文化、博大精深的武当武术相得益彰。这首诗虽然仅仅二十八个字，却写出了武当仙境的神秘空灵、高险幽深。

五台山位于山西省忻州地区，与浙江普陀山、安徽九华山、四川峨眉山并称「中国佛教四大名山」，是文殊菩萨的道场。五台山以其建寺历史之悠久和规模之宏大而居佛教四大名山之首，有「金五台」之称。《登五台山》诗：「一百零八寺，钟鼓浴禅风。灵光辉映处，松云绿间红。」寥寥数语便描绘出了这座千年古刹的风韵。

如果说山水田园诗主要瞩目于自然空间，那么怀古咏史诗则主要从人文历史的角度，借助怀念古代的人物和事迹，抒发对历史的认识和对现实的思考。方林先生对历史事件及人物十分关注，写了许多意味深长的怀古咏史诗。诗集中有多首《咏史》《读史》诗，都从宏观上表达了对历史的思考。如《咏史》两首：

夜深观群书，心常悲千古。风若镝飞鸣，雨如血喷突。杀伐无休止，哀号有尸骨。千载黑云尽，一轮红日出。

（其一）

生死无贵贱，权财有凶残。杀身犹不醒，揽涕仰天叹。功名如浮云，忠义可参天。长夜何昏冥，帝王几人还？（其二）

前一首对历史上战事频仍、杀伐相继、生灵涂炭、民不聊生的悲惨状况给予了揭露，后一首则讥讽了争权夺利的帝王将相。再如《读史》两首：

俯仰千古事，笑谈付流风。往来如云客，多少杳无踪。嫩芽亦零落，轮回非重生。禅心终悟道，示启一卷中。

（其一）

时光如水流，史事随风走。尘沙积千仞，山高石亦忧。人生兼五味，几句留千秋。今夕复何夕，休为笑白头。

（其二）

两首诗都表明了作者的历史观：人类社会的发展进步是必然的，任何人虽然都只不过是历史的过客，但是否能够顺应历史的潮流而动，则决定了其历史地位的高下尊卑。

正是基于这种历史观，方林先生对历史人物都能做出恰如其分的评价。如：

《商纣王》

资质敏捷恃其才，为政暴烈究可哀。饰非文过好酒色，尽失民心焚灵台。

《周武王》

牧野之战承天意，殷纣失道焚一炬。分封诸侯扶正道，井田设布和谐局。

商周之争并非仅仅是权力的更迭，而是有道讨伐无道、正义战胜邪恶的大是大非之争，两诗对商纣王与周武王的是非功过做出了客观公正的评价。

秦始皇、武则天都是备受争议的历史人物，方林先生自有个人的见解。《秦始皇》诗曰：

雄才大略称始皇，挥手之间六国亡。巡行四方八万里，威震河山势气昂。焚书坑儒失人道，忠奸莫辨遗祸殃。仅恃武略难持久，十年短命是国殇。

对秦始皇统一天下的历史功绩给予了肯定，对其「焚书坑儒」等暴行则给予了无情的鞭挞。《武则天》诗：

华夏女皇第一人，祖规定数易其神。玉腕轻挥山河定，无字碑上萦绕魂。

武则天是唐太宗李世民的才人，唐高宗李治的皇后。太宗称其为「媚娘」。她在协助高宗处理军国大事，佐持朝政三十年后在六十七岁时登上帝位，自称圣神皇帝，改国号为周，成为中国历史上空前绝后的唯一女皇。从她参与朝政，自称皇帝，到病移上阳宫，前后执政近半个世纪，上承「贞观之治」，下启「开元盛世」，史称「贞观遗风」。特别是她对丝绸之路的发展做出了极大贡献，为保障陆上丝绸之路的畅通，她积极收复安西四镇，使唐朝与欧洲的东罗马帝国连接在一起；又通过海上丝绸之路，使唐朝与东南亚、南亚、中亚的国家连接在一起。历史功绩昭昭于世。对其他著名历史人物如管仲、勾践、范蠡、庄子、孙武、屈原、荆轲、商鞅、刘邦、李世民、李隆基、李白、赵匡胤、王安石、秦桧、文天祥、林则徐、秋瑾等，方林先生也都有诗作吟咏，并都做出了实事求是的评价。

咏物诗以某一微观事物为描写对象，抓住事物的具体特征着意描摹，托物言志，常用比喻、象征、拟人、对比等表现手法。本诗集中有大量的咏物诗，既有花草树木，如《半死柳》《咏兰》《梅》《牵牛花》《残荷》《春柳》《秋菊》《咏莲》《旷野老树》《咏松》《桃花》《题野草》《咏野花》《紫藤》《秋叶》等；也有动物昆虫，如《观虎》《苍鹰》《雏燕》《布谷》《咏蜂》《咏蝶》《萤火虫》《秋蝉》等；还有自然景观，如《望海》《小溪》《晨雪》《秋云》《春雨》《闪电》等。可以说，方林先生以诗人的敏感与才华捕捉住大自然中的一切事物、现象而付诸吟咏，使司空见惯的事物、现象充满了浓浓的诗意。

除了以上比较具象的诗作之外，方林先生还有许多优秀的抒情诗与哲理诗，如怀念亲友的《念故友》《悼亡友》《逝者》《悼念慈母》《忆父亲》《祭母》《祭友人》《祭父》等，表达了对已故亲友的深切怀念。如《悼念慈母》：

慈母恩德深似海，孝心未尽时不待。膝下承欢瞬间事，儿常感念梦入怀。

《忆父亲》：

人生一场梦，父子几多情。严教身常示，做事立规正。从政入仕途，诲言犹提醒。清风入户来，慈颜笑叮咛。

父母的辛勤养育和谆谆教诲，成为自己立身行事的动力和准则。

哲理诗通过议论、说理表达对社会、人生的理解与认识，《正直行》《人当好自处》《天命释怀》《天道》《道法自然》《察物象》《自喻》《感怀》《自嘲》《三十未立有感》《感时》《自识》《随想录》等都属于此类诗作。如《正直行》：

功名利禄多成空，瓜田李下当正行。
人生苦短梦一瞬，天地久长道永恒。
俗世争斗有盈缩，养怡修身惠终生。
老骥志存千里远，壮心不已万年情。

另外，本诗集中还有许多其他题材的诗作，作者几乎达到了无事不可以入诗的境界。这一方面得益于作者的诗人气质，另一方面也与作者的勤奋密切相关。由于拜读时间仓促，更因为我的水平有限，以上感想仅供方林先生和诸位读者批评指正。

是为序。

王平

二〇一七年初秋于山东大学

（王平，文学博士，现为山东大学文学院教授、博士生导师。中国水浒学会副会长、中国金瓶梅研究会（筹）副会长、中国红楼梦学会常务理事）

序　二

那年的初秋，我们来到了黄河滩区，来到滩上方林的家。在院子里，我们讶异地发现了一片沉实而旺壮的秋葵，红硕的果实，在秋风里摇曳。及至今日，我再也没有见过红色的秋葵。这给了我惊喜，给了我全新的审美愉悦。

是啊，在黄河岸边，简朴的村舍里，茂密的树林里，无边的庄稼地里，还有数不清的沟沟汊汊里，该有多少故事，在酝酿和生发……夜里，望着满天纯净的星月，呼吸着野逸青草的芳香，枕着黄河的涛声入眠，如此神秘、神奇、神圣的地方，该是多么令人神往啊。那天，我们就吃到了坡林沟汊中的野鸭和黄河里的红眼蚂螂鱼，杯盏之间，喧呼不已。对于情绪化的我们，方林显得十分沉静。

因为，方林就生于斯长于斯。

一方水土养一方人。黄水黄，黄土黄，从中华民族底色上走出来的人，其灵魂，其性格，其情怀，必然与高贵、坚毅、浪漫有关。所有这一切，流淌在文字里，自然充满动人心魄的魅力。这一点，在方林此前的散文集《时光与影》里，我们已真实地领略过了。船夫们粗犷嘹亮的黄河号子，昼伏夜出的动物们那令人毛骨悚然的奇怪的叫声。当然也有竹箫的幽怨，胡琴的悠婉，唢呐的苍凉，更有笛子的欢快与明媚。一切的豪放粗犷、绮丽幽邃，都走进了方林所创设的意境里，延展到他新近创作的这部古体诗集《抱璞集》中。文体的转换，为我们提供了另外一种欣赏形式，并听到方林那源于心灵深处的独特吟唱。

《抱璞集》体量厚重，内容丰博，思情深远，形制多样，是方林奉献给读者的一桌精神大餐。

诗集罗陈繁富，多姿多彩，目不暇接。作者既将历史人物、历史风物、历史事件作为吟咏的对象，也让现实中的山川湖海、茂林修竹、花鸟虫鱼入诗，此类「咏史」「游历」「摹景」「述怀」之作，充分彰显了作者揽天下入己怀的豪迈与壮阔。其《咏史》云：

夜深观群书，心常悲千古。风若镝飞鸣，雨如血喷突。杀伐无休止，哀号有尸骨。千载黑云尽，一轮红日出。

然而作者用心最专、抒写最多的还是黄河岸边的故土田园。其《田园居》云：

栖身在田园，安居无世患。乡野偏僻地，嬉游乐清闲。信步乡径绝，坐看云舒卷。高歌抒心意，河荡气飞旋。

工余回乡安居村野，独步荒径，心如闲云，其恬适欢愉之情溢于言表。

诗集思想辽远，对每一个历史人物和事件，都不单是已有历史定义上的客观描述，而是倾注了自己的主观诠释，凝结了作者充满现代意识的深邃思索。其《秦始皇》云：

雄才大略称始皇，挥手之间六国亡。巡行四方八万里，威震河山势气昂。焚书坑儒失人道，忠奸莫辨遗祸殃。仅恃武略难持久，十年短命是国殇。

对秦始皇这一历史人物的评价，既尊重史实，客观公正，又明辨是非，充满鲜明的爱憎。《李隆基》《赵佶》《秦桧》等均如是。作者游历名山大川，描摹自然风物的诗作，亦非照相式的纯自然主义的照抄照搬，而是「感时花溅泪，恨别鸟惊心」，融入了作者深厚的思情。这里应特别提起的是那些对亲情眷恋和怀想的诗篇。如《思亲》《悼念母亲》《悼亡友》《伤逝》等，读来无不令人动容。其《悼念母亲》云：

慈爱逝如叶落树，恩情流失雨绝天。天雨绝后有归云，叶落枝头来年现。堂空燕飞静无声，室暗人去如日夕。徘徊良久独哀痛，梦中泣下湿枕席。

慈母离世，如雨别天，叶辞树，然而雨别有归云，叶落来年发，可母亲呢，却是人去堂空，永不复返。这种痛失慈母的巨大哀痛，非亲历者不能体味。

诗集形制多样，以七言五言为主，亦有四言、歌行等，虽不整饬合律，却也活泼多变。其《中秋感怀》一如《诗经》，每句四字，三段叠加，反复吟咏，层意渐进。其《人生境界（半字歌）》云：

半命半天半机缘，半贫半富半悠闲。半聋半哑半糊涂，半狂半痴半疯癫。半真半假半自在，半取半舍半妄念。半有半无半苦乐，半智半愚半圣贤。人生一半在于我，另外一半听自然。思量半生飘然过，得失成败笑谈间。识得半字玄机在，半梦半醒半神仙。

知天命之年，以半字玄机来阐释人生境界，让人彻悟社会人生，意趣天然，自现博大襟怀。然其歌叮当，吟咏琅琅，清越于耳，记诵于心，尤为诗作添彩也。

方林是位多面手。除孙膑研究独树高标，还能诗擅文，喜字爱画，在繁忙的公务之余，尽情地拓展着自己生命的空间，令人慨然生叹、生羡。

写至此，不再赘言，即以七律一首作结——

春光方照草初萌，片片林梢已染红。一颗诗心冲大浪，三篇文赋傲苍穹。剖肝性厚馨德广，沥胆情深意气雄。欢聚皆讨风雅事，长倾佳醪踏歌行。

是为序。

赵统斌

（作者系中国作家协会会员、高级编辑）

自序

我本非诗人，也不懂诗词格律，所作篇什自然不穷其工，更无艺术性可言，多半是率意直言，是自身内在精气神的自然表达，直白情真，意切，俗称之为"顺口溜"。

在人生的履历中，自己的所见所闻、所思所想、所感所悟寄寓于山水，放情于草木。行走天下，揽四方胜景，坐纳八面来风；阅百卷经典，察古今之变，体会百味人生。我的这些作品，是本人性情的表达，是自己内心的真实感受，我只是借用诗的形体或样式来表现自我，因此，写诗无技巧可言，用词疏放、坦率，不虚矫，不做作，不勉强，以光明和畅之笔，表现特立独行的自我，是自我秉性、品格、德行和心境的自然流露。

我长期在基层工作，对县、乡、村的工作、生产、生活有着切身的感受和思考，我一直向往一种真善、诚实、自我、刚正的人格力量。故而借用文字表述自己的认知、见识、眼界和胸襟，把自己对自然、社会、人生的思考和理解从一个凡夫俗子的角度表达出来。

纵观天地万象，俯仰古今事物，我在学习阅读之余，把自己的学习体会，对自身生命历程的反思，对社会的观察思考，对当代社会阶层、社会关系、人际关系的种种感性和理性的分析思考，用最便捷的方式表达出来，表达了个人在宇宙时空和社会人际面前的生命共振，并想借此获得生命中那种永恒的个性化的价值、收获和享受。

当代已进入信息化社会，人流、物流、信息流汹涌澎湃，一浪高过一浪；人欲、物欲、贪欲，泛滥于社会的各个角落、环节，倾泻于社会生活的各个方面，我认为最关键、最迫切的就是让社会的每个成员有明确的人性的自觉，让我们能够生活在一个更加理性，更注重科学，更能够客观地把握住自己的真正公平、公正、和谐美好的社会。当下，有些人贪图享受，个人主义膨胀；

有些人身陷红尘，利欲熏心，锱铢必较，唯利是图；有些人不择手段，不计后果，不顾生死，没有是非对错之分，没有美丑善恶标准，干着不能见人的种种勾当；有些人生活在灰色的、阴暗的或罪恶的泥潭中不能自拔。

我耳闻目睹、亲身经历了这一切，这一切带给我的无奈、苦痛、忧愁和悲伤，只能通过这种随心、随性、随情的「顺口溜」的方式来宣泄和表达。

仅此一点，向大家说明一下。

目录

卷二 人生至味

卷三 四时清欢

卷四 咏史怀古

卷五 忆亲思故

卷六 神州纪行

卷七　风雨情怀

卷八 状物咏怀

卷九 八〇中文情缘

抱璞集　卷一　田园杂兴

田园居

栖身在田园，安居无世患。乡野偏僻地，嬉游乐清闲。信步乡径绝，坐看云舒卷。高歌抒心意，河荡气飞旋。

垂钓

夜傍河边宿，晓汲清水煮。垂钓自娱乐，无心云相逐。久为世俗累，幸得水依附。来往独自在，长歌碧天舒。

晚秋晓行

晚秋霜露浓，晓起村堤行。黄叶覆溪水，寒花疏田垄。高树迎曙光，浅草送葱茏。心静适无事，神清正生情。

游山乡

山野人迹少，孤行入山庄。溪水映绿树，林深纳夏凉。鸭戏凫沉没，菏覆侵满塘。怅然情注处，乡间著华章。

夜居山乡

扶杖独向晚，花气渐迷眼。山野无人事，心静自悠闲。山光西隐落，月辉上林端。竹露夜凝结，清风轻轻弹。

乡间独酌

田园清闲日，独酌花自恋。风去云汉渺，邻鸡暮无喧。酒浓意情纵，秋葵味清淡。今宵世情远，无语向自然。

夜宿黄河滩

人过五十不知觉，鬓白未曾记日月。黄河依旧东流去，酒醒伴鸟犹唱歌。书生无用闲信步，乡野村夫忙耕作。今宿沙丘茅草舍，月照烟树影婆娑。

山居

今宿山野为村夫，寂寞黄昏锁烟树。飞鸟入林几声喧，落晖下山群山凸。犬吠渐息深巷暗，几点灯火竹窗出。风起夜寒心向暖，雨落芭蕉声敲骨。

野望

野旷草无边，雨润绿色染。鸟飞云天外，鱼乐水清浅。风轻叶窃语，虫鸣音微寒。纵目心远放，怅然羡逸闲。

田园居

一

朝饮清凉露，夕宿旧宅屋。乡野既容身，岂可赖福禄。

二

少壮有宏愿，敢为天下先。择业不复归，入道难回返。本无庙堂志，性情在河山。羁鸟今欲飞，天海任飞旋。

三

入乡独自闲，人事不复恋。少小今陪酒，长者言情欢。巷道留足履，桑麻解人言。清风注满怀，深情铸诗篇。

四

都市久已游，草木不知秋。莽原色褪去，徘徊陇间丘。人若弃朝市，天成榛丛萩。生者多幻化，忘情何为忧。

入新村居有感

新村建庭院，房舍正六间。余田可种蔬，妻乐忙其园。居室无尘埃，庭阔步悠闲。品茗亦独酌，天命赐福缘。

乡间杂记

一

初春水乍暖，嫩芽畏风寒。鱼动尾梢灵，冰释土微散。

二

荷叶逐水长，杏花随风放。众鸟欲高飞，林茂聚阴凉。

三

邻家好田圃，喜悦壮禾黍。祈盼收丰年，儿孙得富足。

四

乡村无炊烟，农妇享清闲。网购送门庭，老妪笑开颜。

五

秋至人忙碌，车流涌田头。粮满仓廪实，人力省却无。

六

农家惜工力，田间无人忙。机器鸣唱时，餐桌酒飘香。

闲居故乡有感

偏居乡一隅，自乐吟俗曲。朝起耕闲田，夜归读自娱。滩地野菜肥，溪清甜可掬。茶浓味足品，酒香醉足弥。忘情无公务，着力有真义。树茂延晚凉，院小乐独居。心静纳清风，襟怀谁同与？

乡居

独居吾旧庐，自娱数行书。好酒一醉饱，采摘园中蔬。花香弥小径，天高白云浮。放情歌一曲，心远尘虚无。

荷塘

月夜荷塘畔，蛙声时续断。今宵梦隐忧，疏星孤影怜。

乡间夏凉夜

夜静虫鸣草丛中，心沐乡野夏凉风。庭院月明独打坐，魂清气爽自在翁。

荷塘月色

别墅柳荫玉米田，碧草轻摇水波涟。树林列队斑驳影，清香起处月映莲。

节日走访贫困户

农家无春秋，辛劳苦如牛。计穷居柴院，泪洒古今愁。魂系民生艰，风雨同相筹。寒夜论长策，何计稻粱谋。

清晨田野游

仲夏清晨田野行，禾苗犹闻拔节声。朝阳升起映绿野，心底涌起万古情。

夜宿故里

夜宿故乡归田园，心存日月无妄念。狂饮三杯纵豪情，忘却尘世似成仙。

驻村帮扶

乡间农家多苦情，解困扶贫施新政。进村入户拉家常，围炉长谈夜通明。诗心剑胆除弊害，革故布新谋福径。
难题破解民声乐，感念当年好作风。

回乡有感

一

秋叶落尽寒气高，霜凝枝头自风骚。忘情季节岁月久，
来去自由意趣豪。

二

乡情难忘返故乡，儿时小友酒酣畅。虚名何求无功利，
自由自在吐豪肠。

三

乡村小店酒旗飘，城里人闲早预约。农家饭菜量实朴，

野风清凉人自悦。

四

秋风秋雨自解嘲，暮云重重竹萧萧。欲归故居早迁拆，几声鹊鸣心旌摇。

步行山野游

漫踏山野路，人已入画图。溪水流潺潺，林茂鸟语呼。飞瀑凌霄落，潭清鸣泉出。放歌松岭上，世态炎凉无。

荷塘

儿时塘边树，枝茂叶青青。蛙鸣水清浅，荷开香招蜓。草径留余痕，日斜酒惺惺。乡野久无忧，老者自放筝。

初春乡野

水村乡郭桃花绕，农家茶宴已预约。主人饭菜香溢园，小儿倚树诵离骚。

农家喜宴

儿女喜事农家乐，鞭炮声震宴席多。酒过三巡高八度，话到税除桃花落。

农民工

背井离乡去工厂，肩负希望汗凝香。儿写书信儿行字，揉碎闪跳霓虹光。

注：儿时伙伴去南方打工，家中小儿染病却不能回，急打电话求我帮助，感触良多，以记之。

茶乡小酌

清明时节雨润茶，春风吹来花齐发。税费免除传庭院，老农笑脸映晚霞。

乡村纳凉夜

虫鸣草丛夜色中，心沐清凉村下风。话起儿时童真事，农家小院飞笑声。

山野守林人

新春山野绿成荫，茅舍犹护守林人。鸟语传报宾客到，花香起处净无尘。

回故乡

儿时庭院渐凋零，飞鸟栖树杂草青。几枝青果留不住，满地落红静无声。

又闻布谷声

春时田间信步走，大河浩荡水东流。布谷一声粮万石，离离原上尽绿洲。

居乡野有感

小窗独坐即山林，几声鸟鸣伴长吟。远客无事看风光，千里来去如浮云。农家欢喜满天阴，浓云密雨布甘霖。我放长调低吟诵，谁可看透此时心。

泥瓦匠

古今皆一样，筑房泥瓦匠。拉线砌墙壁，脊背向日光。久沥汗渍味，世上何处香。高楼平地起，难得此间房。

进农家乐有感

乡野溪边有人家，蔬篱爬满牵牛花。田园自种果蔬菜，远客品评风味佳。农家何时通此道，电子商务网送达。细秧入夏初破土，阡陌似梦开新花。

回乡纳凉

池边柳荫旁，心静人自凉。月升树摇影，风起荷生香。田禾伸骨节，曲径忆华章。阡陌题句处，日月吟断肠。

与乡邻饮酒

闲居乡村无事忙，恭邀邻里醉一场。一盏忘却尘世苦，三杯过后心花放。开怀畅饮纵声笑，风起庭院满室香。儿时伙伴朱颜改，人老犹发少年狂。

初夏行走麦田有感

行走田间无清凉，暖风吹来麦垄黄。小儿嬉戏追彩蝶，荷塘蜻蜓思故乡。

农家拾趣

小溪潺潺绕农家，篱笆墙院爬满花。黄瓜滴翠茄子紫，清茶斟满月光华。

留宿山村看晨景

夜雨过后林清新，辉光起伏动心魂。群鸟恋情唤早醒，山花初绽香袭人。

乡野行

秸秆满地菊花黄，信步独行野兴长。风吹落叶生晚籁，裸枝无语向斜阳。

山村野宿

山野谁问是与非，行进休退自忘机①。泽畔沐浴兰作佩②，放歌纵情任风吹。卦逢大壮③无厄困，乡间入梦蝶翻飞④。

【注释】 ①忘机：又作「息机忘世」，出自《列子·黄帝》。「忘机」是说把得失荣辱的机智巧诈之心都忘记了。②兰作佩，屈原《离骚》：「纫秋兰作佩巾」。③大壮：出自《易经》第三十四卦代表刚强正直无所畏惧。象辞曰：「大壮，大者壮也。刚以动，故壮。大壮利贞；大者正也。正大而天地之情可见矣」。④蝶翻飞：出自《庄子·逍遥游》，即「庄周梦蝶」。

独居

一

人众言语多，独坐何其乐。生象有万类，此景自愉悦。

二

今上南塘游，秋末气敛收。鸟栖静无声，夜来心自由。

人生

一

人在哭中生，又在哭中亡。生死天之道，何苦心悲怆？

二

自古谁无死，世人皆共知。此生志不移，贤留后人识。正直贵不羁，真诚善无私。坦荡清风去，豪迈铭心志。

独酌

浮生本无常，何须逐空名。花间一壶酒，会向月下逢。

尘世词

不谙世事艰，不识人情深。所念屑小扰，不乱济世心。夜读迎晨明，长思惧寒阴。人生如蜉蝣，纵情成歌吟。

杂记

一

坦荡无隐迹，狂放自多情。日久人方识，半生事有成。功德何缓急，着力分重轻。白首向晴宇，心域乃纯清。

二

早起迎晨曦，天地起清幽。霞光映野色，轻风漾水流。稚鸟向远方，振翅荡隐忧。心遗昨日醉，情动树梢头。

三

用掘屏心迹，谋智独高卧。俗世冷眼观，清风浮萍过。仕道侵贪渎，公务荒功德。苦酌甘泉歌，痛思扬清波。

感时

一

鬓白时序至，心痛谁可知？结庐在乡野，动情无竟时。

二

世痛有竟时，心痛何人识？春来花开落，秋去丰收至。天道有先后，人世无得失。去者何求哉？来者当期之。

三

结庐在人境，得失无竟时。心远天高洁，地阔情凝痴。

四

大笑心污去，小窃情洁失。吾狂天知否？吾放地敛之。

静夜思

年少度饥寒，人穷志不短。性直赴世拙，终生困微官。崎岖复坎坷，一笑视苦艰，大哉皓天宇，我心永坦然。

正直行

功名利禄多成空，瓜田李下当正行。人生苦短梦一瞬，天地久长道永恒。俗世争斗有盈缩，养怡修身惠终生。

老骥志存千里远，壮心不已万年情。

人当好自处

人觉好自处，万事当慎初。功德美自居，应承上善谋。

古郢清风

舜微耕历山，许由安贱贫。孙膑牧青牛，庄周垂濮滨。尧尚俭粗陋，天下颂其仁。何患清贫苦，大道守明真。

天命

日落照桑榆，天命不可期。长短有定数，得失莫为意。早晚终不辞，饰巧何穷极。侈靡充世风，万化归尘泥。外物造愚者，内智入菩提。愿景良久见，大道规不逆。

释怀

农家出陋小，世艰入心早。春秋天依托，富贵谁人保。清露润幽兰，天地育芳草。倜傥媚少年，朝夕成丑老。仙道今何在，谁能常美好。

天道

天道林林势不变，世途条条通一端。思欲行为应自持，吉凶祸福因一念。人生在世启有始，命运终结归之源。知惜知珍切珍惜，了缘了心清心缘。

微尘

人生飘如一粒尘，随风逐雨何安身。落地入泥非自愿，性适自然抱朴真。欢聚愉悦当尽乐，岁月无返不待人。

道法自然

天地造化自运力，万象繁盛相附依。世道人道同天道，人语物语共神语。老少贤愚无殊途，生死祸福终一隅。小善常立足可欣，大道万化何所惧。

察物象

木聚万株自成林，高低参差不等身。百鸟鸣唱声喧歌，时空穿越各殊音。江河湖海游鱼乐，大小长短有浮沉。群山峰峦呈高下，流水急缓分浅深。万象造化成大道，命理纵浪易难寻。

乡间独酌

乡间一壶酒，独酌自相亲。贤者不约邀，愚夫无顾寻。达人观三界，俗士谋微欣。尺蠖伸可屈，巨龙存蛰身。神癫情不痴，此生不易心。

远行

大海苍茫独远行，离愁隐隐叠几重。夜静潮落云如盖，轮渡浪涌途无踪。

感时

时人贪恋钱财乐，会聚奢谈兴强策。感念当年桃花源，梅妻鹤子不封侯。

年过五十有感

虚度五十秋，风雨已多稠。人老筋骨壮，万劫不回头。

人生境界《半字歌》

半命半天半机缘，半贫半富半悠闲。半聋半哑半糊涂，半狂半痴半疯癫。半真半假半自在，半取半舍半妄念。半有半无半苦乐，半智半愚半圣贤。人生一半在于我，另外一半听自然。思量半生飘然过，得失成败笑谈间。识得半字玄机在，半梦半醒半神仙。

寻梦

一

天地神游聚冰山，几滴思海汇成川。千古寻求亿万里，波涛浩渺梦如烟。

二

黄河自古向东流，九曲百转不回头。思恋远在千万里，追尔逐梦心自由。

自嘲

凡夫俗子六零后，枉度人生数十秋。栖身尘世多污垢，白衣尽染不知羞。曾怜春花惜挥帚，未识浮云隐苍狗。难保清悠空独守，浊酒千杯不解愁。

自问

夜深风轻人未眠，只怕成眠梦纠缠。去日无多回首望，行过方知蜀道难。长夜问心无羞愧，殚精竭虑唯自怜。顶天立地有豪气，敢对朗朗青云天。

自喻

一

胸藏海岳意志坚，行是江河卧是山。功名利禄非我有，誓为苍生铸平安。

二

生性胆气豪，万里纵逍遥。诗酒伴明月，放情冲九霄。野宿经暗夜，灵光涌心潮。龙腾平川起，经纶胜弓刀。

临江风

人过五十日西斜，入政勤敬生华发。特行独立难遗世，禅心不静终是沙。

遇事有感

世事纷扰何时休，公平公正万民求。法治秩序规范日，华夏和谐心自由。

感怀

凡夫不觉身卑贱，读书阅史历数年。放眼寰宇心感悟，千古云烟已洞穿。

品茶

独自品一杯，已觉禅滋味。淡泊心路明，气静意深邃。

读书

独坐小庐情意真，诗书相伴强自身。千古往事如云烟，心清气正长精神。

夜吟

夜深人静品盛唐，吟诗酌酒放豪肠。三分铸成侠剑气，余下七分酿月光。

自喻

做人求己莫求天，梅花从不惧春寒。天要下雨随它去，我今出行已晴干。

行者吟

乾坤自运转，阴阳各交魂。风雨如相伴，山水有知音。

观世象有感

乾坤阴阳循规行，万类运命各不同。龙翔浩宇鱼潜底，自由自在是清风。

夜吟

万籁已休夜深沉，字斟句酌自劳心。平生无须多祈愿，愿用精神铸灵魂。

一滴冰山水

琼楼玉宇蕴丽身，意生俗念降凡尘。山川重重从容过，海浪涛天始惊心。

夜雨独酌

一隅栖身谁人识，人微语轻悄无声。青灯黄卷伴长夜，纵览千载心智明。伏羲女娲降生处，尧舜功业齐天成。蝴蝶梦中鹏翼展，豪气干云九万重。

从事纪检监察工作十年

面向达摩十年壁，修得金刚百炼身。他日灵山求正果，此生心境净无尘。

感时

梦中鹏翼上碧霄，星云河汉起波涛。呼纳气浪荡尘埃，玉宇澄清涌新潮。风清气正开盛世，万物复苏育青苗。人间代有圣贤出，少儿又唱舜时谣。

自嘲

日月经天轮回转，光华入梦多祈盼。前路无尽心意至，今早犹自望明天。忘却凡夫未了事，阿弥陀佛开笑颜。逍遥尘世如清风，蝶化翩飞似神仙。

将进酒

夜宿故乡舍，心存祖德功。且饮一杯酒，清凉自在翁。

长夜独行

夜色深沉月朦胧，神游独自长街行。万籁无声心涛起，诗句漫越过清空。

晨起有感

白发明镜里，晨霜写秋高。红叶岁月久，无香气亦豪。长生天应许，大浪沙自淘。自由心远大，来去任吾曹。

世隅一瞥

朝霞暮色竹萧萧，秋风冬雪融心涛。荣辱得失谁人痴，闲云野鹤自解嘲。

品茶

豪饮谁解味，细品才了然。淡泊情自由，宁静心致远。

读书

一

诗书相伴无光阴，读写挥洒情难禁。万古云烟飘然过，甘泉清气养精神。

二

闲来独坐逸小庐，煮酒品茶心自如。唯有清风入我户，乾坤岁月任乘除。

三

好书读来夜无眠，襟怀尽展春秋卷。雄心豪气自浸沥，一梦醒来霞满天。

晚来行

手持拐杖与君行，江湖山野风云游。醉眠草丛天做被，霞光映照看晚秋。

夜半长街行

夜半长街行，半月闪繁星。万籁无声夜，心语伴清风。

无题

贫贱不容欺，富贵非恒长。人生若知我，万象皆可量。

鬓白有感

一

时光飞逝如流风，两鬓似雪心隐痛。年华半了痴未了，聚散浮沉归入梦。

二

走过万里逐流风，一粒尘沙魂入梦。天涯失落春光去，
繁华早已如烟影。

无题

去日如水逝难留，来世再生不可求。年过半百常回眸，
谁解今生喜和愁。

寄情

芳草萋萋相与亲，繁花簇簇惊心魂。远近亲疏何须究，
是非得失皆有因。匆匆过客情切切，芸芸众生意诚真。
深林暗香浸润处，明月朝晖又一轮。

归来

八方归来鸟栖身，万象去兮何看真。独居小楼成一统，夜观流星散作尘。

三十未立有感

自鸣得意著诗文，三十未立守自尊。庙堂几人真有用，乡野闲士不劳神。才情清高独自赏，今无伯乐岂沉沦。洞察万古多奇智，凡夫知我自惊魂。

为从事纪检监察工作十年作

十载回望步匆匆，千余结案何事轻？流光一瞬云飞卷，霞彩映照慰生平。撰写诗文无遗恨，壮哉沉浮自多情。冷暖炎凉细阅遍，世事焉能再心惊。

度光阴

去日匆匆总难留，来世切切谁能求？空室独坐静夜思，心海孤守一叶舟。

感时

江山沉浮无兴衰，人世更替有炎凉。春花秋叶归何处，名利重负怎风光？

为双鬓白发而作

时光逝去似沉沙，青春失落迹无涯。半生漂泊无遗恨，临窗对镜悲白发。浮沉江湖魂入梦，聚散风云人潇洒。千年过后谁知我，春风不识那时花。

自识

读诗诵文胸襟开，身无富贵愧为才。手有笔杆人不老，描写乾坤扫雾霾。

感时

春风春雨伴雷鸣，打虎拍蝇妖魔惊。贪心污魂无隐处，万众欢笑在放晴。

忆梦境

生应有缘千古情，死当无恨万世空。花开花落如流水，百转千回似梦中。

日子

人生尽心听自然，处世竭力当随缘。千流集聚成大海，万缕凝汇起龙卷。百鸟高飞唱寥廓，闲云漫步独悠闲。衔杯蹈月情未了，挑灯看剑心域宽。

静夜思

夏夜苍茫梦深沉，花红寂寞风抚琴。随性尽情千秋雨，特行独立万古心。碧草漫道步幽径，进退自在云舒身。忧道济生关天意，霞光辉映红日临。

心画

万水千山已走遍，酸甜苦辣味品全。春蚕吐丝终有尽，喜怒哀乐铸铁肩。皓月当空身皎洁，碧水摇曳云中天。多情也曾无情恨，平心何堪痴心恋。

醉中吟

兰心蕙质谁人识，著述诗文珠璧似。挑灯觅寻圣贤语，愉悦身心添众智。

人生杂感

天有阴晴地有边，莫叹富贫与贵贱。文章自古难果腹，诗书传家莫换钱。是非功过有得失，云卷云舒去如烟。七雄六朝争雄事，几人识解真实篇。

作诗自喻

真龙梦常有，天马任我骑。前望数千岁，空见白云飞。望洋胸襟开，豪情起风雷。大漠鹰长啸，山高醉日西。

老之将至

青春随风去，岁月留沉香。作假装妙趣，年少伴笑狂。唯我心常苦，执着义情长。修身魂圣洁，日月耀心房。浮世无常态，人间阅万象。何叹生涯短，平淡看沧桑。

世象杂感

离群欲隐何凄凉，另辟殊途休亦忙。书生意气空复忆，百无一用无情伤。

橡皮

天地造化赐我才，粉身碎骨心不哀。有错必纠本职责，任由他人讥笑呆。

阅世感怀

天南地北半生游，情趣万千任风流。山高川低水东去，沟沟坎坎莫言愁。得意失落甜有苦，贵贱贫富乐亦忧。健步历世从容过，自信此生无耻羞。

俗梦缘

苍茫云天远，人隔万重山。清风拂一缕，执手默无言。并肩走花径，相拥山海间。生有今世缘，死当无遗憾。

中日钓鱼岛之争

东海浪翻波难平，往事如烟起纷争。小国欺人徒狂妄，钓岛归属史有证。英勇抗战洒血泪，千载铸魂书赤诚。强国圆梦筑新域，中华奋起鬼神惊。

听古曲有感

如梦如影心弦动，似云似雾月朦胧。指间流响百鸟唱，琴底动发飞瀑鸣。月静林间微风走，溪潺谷底蛇蜒行。听闻古人倾心语，禅悟天籁谐和情。

观看歌舞有感

云移花动身随影，长袖挥洒仙飞动。水流山间千莺啭，弦底韵域百情生。此曲应是天上有，今宵专为凡夫鸣。倾心爱慕无一语，如痴如醉魂入梦。

随想录

一

岁月行走踏峥嵘，时光流逝思和平。笔作刀枪除丑恶，文成飞龙啸高声。名利权色怎可诱？风云变幻亦不惊。
此生壮哉澄清宇，丹心炽热铸赤诚。

二

风云起处看长空，珠雨落时闻雷声。满腹忧愤随风起，
一腔热血逐云生。乡野众生成大道，村夫俗子悟通明。
功名利禄非我有，礼义廉耻是情重。

闲居

儿时家贫宿草庐，今日楼房温诗书。半生多少烦心事，
已作清闲入茗壶。

贺神九飞天

龙飞九天鬼神惊，云海星空步闲庭。喜看银河添异彩，

唤醒华夏千年梦。

听古筝曲有感

独居坐书案，古曲定神闲。初始似饮露，续韵动心弦。声喧出肺腑，情从神中宣。高山长流水，润心已千年。

看古装戏有感

生旦净丑都上来，喜笑怒骂有气派。念唱坐打博一笑，人间就是一戏台。

情节

情满欲狂歌，唱彻风云里。清波映高树，碧荷凝芳歇。流泉润水瀑，峰巅寒冰雪。好梦多缠绵，人有千千结。

喜迁新书房

窗外绿杨蔽荧光，房舍平添风清凉。满庭花草生勃发，一行新词出柔肠。人经风雨壮筋骨，书聚精魂凝奇香。多情问我何所求，闲云野鹤自徜徉。

城中夜行堵车

秋叶飘落风摇行，灯火延伸西到东。霓虹闪烁点成片，心情堵塞车阵中。襟怀江海涌城来，数尽繁华千万种。谁人知晓今何去，他日梦醒又何从。

自嘲

儿时别号三老硬，此生注定难几重。苦痛辛酸已俱往，不觉两鬓霜已浓。

梦

身如青烟上碧霄，气涌仙界云滔滔。今日我去无牵挂，清风一缕自逍遥。

五十抒怀

年过半百日西斜，时光似水洗芳华。剑胆豪情气贯宇，琴心妙趣笔生花。正直忠厚承祖训，礼义诗书传世家。鬓白犹存少年志，激情向晚满天霞。

自示

清正刚直贵坚持，谨言慎行当自知。莫贪钱财心地净，制怒应在未怒时。

五十感怀

半世人生半世缘，韵华已逝惊梦恋。春雨飘过花落去，秋叶含霜何需言。胸怀子史纳乾坤，放眼云天思更远。闭目禅林听暮鼓，一滴朝露凝千年。

池塘一瞥

滚滚红尘似潮涌，惶惶人流步匆匆。时光如风一扫过，一池清水静浮萍。

晨起

人生恍如梦，世间几人醒。多少往来客，逝去似流风。

悟空

喜怒哀乐本平常，生死之间两茫茫。逝者如斯天之道，沧海桑田尘飞扬。

梦醒印记

我欲登高振臂呼，可有应者共起舞。荡去胸中不平事，扫尽世间尘与土。

变化

日月昼夜行，生死天地易。阴阳无停变，造化有神机。沙尘单飞渺，积久复沉弥。宇宙一开合，天地万妙奇。

特立

碧山青松直，凌霜锋亦出。心志可参天，所向俱畏无。

官场一瞥

功成当思临患厄，名遂莫忘藏危机。追名逐利智谋尽，倾覆怎如一布衣。

悟

万象终成空，观空物何用。自叹人虚假，痴妄虚亦空。

感时

时势难遂愿，夜深飞流星。阴晴天之道，圆缺月亏盈。岁
去无迹痕，人来有声名。日落光渐暗，晓动还复生。

时空

天目开处日东升，夜色降时月西行。寒暑变易冬复夏，
阴阳交替死又生。闭合造化无玄机，明晦休息有规正。
宇宙旷哉生大德，天地无言道永恒。

察学

人非生而知之者，优劣贤愚无天定。入学入心方知道，得失成败由己行。

处世一瞥

治国有道世多圣，理家失策人皆愚。功名利禄遮望眼，黄犬逐兔①一布衣②。

【注释】①黄犬逐兔：秦李斯家乡在上蔡。他在刑场上对子弟哀叹道：「吾欲与若复牵黄犬俱出上蔡东门逐狡兔，岂可得乎！」

②一布衣：东晋大臣诸葛长民，官至晋陵太守，镇丹徒。临难之时，思为丹徒布衣，慨叹富贵不可取。

独居偶感

酒香不怕巷子深，才高何苦人求寻。天有阴晴云复雨，利禄来去了无心。

天道

人欲天道难放纵，万化归一殊途同。物我相知心无碍，得失成败相依从。

时序

西方已向晚，东方日出时。塞北花开早，海南果满枝。人若循天道，物我自相持。

诚信

童叟无欺真诚信，上下左右皆有神。良心善意当自觉，祖宗儿孙无愧人。

示友人

注：当下时人妄言毁谤领袖人物，乃是无知小儿。先贤英烈们的丰功伟绩，伟大的思想精神溉润无穷，普惠后人，我们自当敬仰尊崇。

开国伟人自雄杰，无知愚儿妄言猜。英雄光辉映千古，小辈毁谤当可哀。

杂感

一叶障目易蔽心，识知入道长精神。造化融通能博达，喧嚣躁急毁自身。登高淡泊放眼量，俯视宁静悟本真。

闲语

世人皆晓贵自知，谁置明镜临照迟？认知无力常自大，嫫母①勿将红粉施。

【注释】①嫫母：又名丑女，虽容貌丑陋，但品德贤淑，被黄帝纳为妃嫔，封号嫫母。

释怀

会理明达心无妄，何求名利身劳忙。长疑俗念皆虚事，少逐老来终须放。人有佛性可顿悟，万古风尘当思量。

度日

羲和①逐日巡天地，普照不分智与愚。尘世古今谁识道，贪鄙不生皆清气。

【注释】①羲和：传说中太阳的赶车夫，王逸注《楚辞》云：「羲和，日御也。」在《山海经》中羲和是太阳的母亲，因此后代常用羲和指代制定时历的人。

观象

见素抱朴，少私寡欲。用进废退，清静心欣。放下自在，通达圆融。贪鄙攫取，鬼火风吹。息念忘机，大壮利贞。天道向善，空相悟深。大象无语，万化归真。

示后人

人禀天地气，为学自通明。玉琢方成器，金砺筑坚贞。仁德日修行，勤俭习在身。本真护持好，运命早逢春。

世象一瞥

得来轻松失去易，名利仁德不相依。精心谋求事少成，人欲机巧道常逆。

夜读

孜孜以学长夜量，来获真理岂敢放。如梦似醉书相伴，东方日出心清朗。

感怀

人生到处留何踪，少去老至皆匆匆。江海春来逢喜雨，山川秋去迎凄风。狂沙起处迷小草，冰雪飘时泯微虫。白首向阳心有暖，暗夜临月一笑中。

读书有感

书若明镜照心魂，体悟生死一回轮。万化浑圆归致理，格物明析固本真。

回望

身经苦寒不觉险，心受磨难志更坚。人无畏惧何患忧，高山流水自依然。

自娱

旷士无得失，虚名何思量。不知年半百，未觉道远长。已厌千人聚，自乐独徜徉。心有一片天，弦断醉空觞。

悟

超然天地外，万象有无中。虚静察宠辱，何事令心惊。思绪游万仞，道显得圆融。妙悟当一笑，幻化若空明。

初冬偶记

闲来无事自从容，不觉季节又到冬。静观万象无所得，闭目六根何人同。乾坤通达形之外，风云变幻思虑中。贫贱不堕凌云志，男儿屹立是英雄。

昼梦

一念不起贵自重，七贤歌吟情意纵。明心见性可顿悟，贪欲痴妄终虚空。

夜读偶记

一

卅年风雨夜夜灯，独坐孤寂痴痴情。读罢对影已白首，忘却临窗仍月明。

二

经世致用著华章，治国安邦谋自强。年少心存凌云志，梦随秋雁歌成行。

仲夏

时至日中时，天炎似火烧。顾望阴云起，心盼树枝摇。夜半月徘徊，院深空寂寥。杨柳风乍起，放情梦逍遥。

初夏

纳凉入树荫，清风开我襟。自娱游闲乐，静坐弄书琴。院田种菜蔬，风味足自品。独斟一杯酒，悠悠望白云。

仲夏夜

归乡宿旧宅，风清月已圆。天高飞鸟尽，入林相与还。卅年匆忙过，顾盼影自恋。夜色储遥想，裸胸入梦眠。

初春入居故乡

入春草初长，林木着绿装。吾庐静读书，美文独自赏。情欢酌春酒，园蔬味清香。俯仰察乾坤，心乐神灵光。

咏新春

季节轮回又一新，花艳叶翠醉游人。稚鸟一行排云上，清风拂面撩心魂。

暮秋

野地黄花依旧香，满腹愁绪理更长。秋风吹乱发千丝，独立河滨对残阳。

早春

春来悄无声，江河动有情。蝶舞稚鸟唱，最美是清风。

中秋感怀

月亮亮月，其境若何？至高至远，我中无我。心有天地，风姿婆娑。月明明月，其意若何？光照千秋，我中唯我。清净无瑕，处子绰约。月圆圆月，其情若何？常感相识，真诚寄托。恒久关爱，深比天河。

秋梦

依稀别梦归故园，月明风清叶已残。一生几许悲情事，倚杖临风听暮蝉。

立春

一

隆冬一步入春景，三阳开泰祈圆梦。寒气散去云水暖，华夏龙腾啸新声。

二

今冬少雪无情趣，春雨来年犹可期。人生随缘自惬意，东风再传好消息。

暮春

千丝万缕柳飞絮，一轮红日已西斜。原上孤树鸣杜宇，诗酒入梦访天涯。

仲夏旷野行

小雀鸣叫自多情，燥热从来逐流风。此生冷热谁人知，一片冰心觉悟中。

初春乡野游

世间琐事惹人愁，忙里偷闲乡野游。乍暖还寒云漫卷，雏鸟语涩树梢头。柳芽初露探冷暖，浅草梦醒懒伸手。五十年来甘与苦，悄然已随流风走。

中秋

月满碧空透，银河波光流。朗朗清平宇，我欲乘风游。

夏日乡村游

信步河边过远村，蓝天飞鸟自成群。蛙鸣池边水清浅，风送柳笛缈入云。

春游

身在乡野又逢春，满眼风光涨绿茵。独行归来已向晚，村夫误认是乡邻。

清明祭

国耻犹记几十年，祭奠英灵来陵园。东洋孽种兴妖雾，
男儿奋起挥龙泉。苍松翠柏亦告慰，先烈遗志已承传。
后辈有志报家国，中华昌盛已空前。

秋韵

旷野已深秋，农家早丰收。蝉鸣声且远，黄昏自多情。

庭院春已至

绿杨拍手迎春光，庭院已无初春凉。几只幼鸟枝上跳，
一行新语轻飞扬。骨经风雨宜坚劲，书入心魂聚凝香。
岁月不知人已老，晨吟仍发少年狂。

临窗

几只小雀鸣枝头，偶有杨花入窗来。空闲著文娱小我，不知春至已多时。

秋叶飘落

雨冷枝条已凝泪，风寒侵骨叶飘飞。景易时移天然序，雪压时节春来归。

春

暖风润新柳，潺潺溪水流。花间双蝶舞，林间新鸟游。

秋

雨打秋林叶零落，风吹枝条声萧瑟。旷野一首沧桑曲，人间情愫细述说。

三月桃花开

沃野青青柳色新，桃花开时又阳春。游客驻足花迎笑，农家酒香自留人。

中秋望月

瞩望中秋天边月，蹉跎岁月无数秋。清辉迷人谁可减，推开小窗情自收。身处一隅云天远，光播山海意深幽。生来性情好独立，不与众星相为谋。

清明时节

已是清明雨纷纷，平川沃野麦苗绿。油菜花开遍地金，老农笑意盈满畦。

冬日夜酌

深居城一隅，月明无风雪。心绪如梦游，时空任穿越。室存书千卷，窗前独自酌。今夜庄老梦，醒来谁人说。

秋韵

秋风微凉叶飘零，细雨蒙蒙传秋声。暮色昏昏云低暗，忽闻飘香果车行。

向晚

江远平野阔，山高秋早寒。风轻云亦淡，鸟孤自无言。向晚意惆怅，回首缈人烟。扶杖身卓立，霞光红西天。

秋林

树密枝横绿织荫，秋蝉声暗失鸟音。满山翠色随风逝，秋风秋雨述天机。

冬日乡野行

树枯水冻雪草寒，孤鸟蜷缩静无言。一只苍鹰独凌空，
俯瞰江山自盘旋。

晚春

花开娇艳能几日，流星闪灭怎招魂。沧桑一瞥识天道，
山河沉浮昭示人。

秋夜醉吟

孤身漂泊客他乡，西风携雨袭人凉。醉里闲庭独吟娱，
蝶化翻飞梦一场。

初冬

冬来野旷容颜真，独行乡径是故人。繁华已过风萧瑟，

蓦然失却了无痕。

春晓

一夜春已醒，风轻花自重。飘零在天涯，转眼皆入梦。清香任溢远，繁华有孤清。四顾了无迹，唤君无人应。

欢度春节

佳节欢度越千年，爆竹除岁不夜天。江山终古亮霞彩，人间有情到永远。

放假

节前守望品浓茶，岁尾凝神听雪花。梦里入怀父母嗔，一曲倾心听《回家》。

早春

昨夜风雨晨已静，冰融湖水薄雾轻。栖鸟枝头舒羽翅，旭日东升昊天晴。

重阳节

盛年又重阳，登高极目望。苍天唱寥廓，大地富裕藏。祥云腾瑞气，山远水久长。出户卷竹帘，品茗话蟹黄。

回乡过年有感

晓看东方露曙光，归程情急心花放。帘动车窗晴好处，乡野雪后白茫茫。父母且喜熏风吹，漾漾春晖在高堂。长路最解游子意，跨越千山回故乡。

咏晚秋

一只白鹭写清秋，雁叫声声几行愁。黄河东去无留意，风吹青丝剩白头。

贺新年

残冬瑞雪兆丰年，红灯彩韵浴寒烟。把酒相慰共祝福，心清气暖享平安。

辞旧岁

日暮夜入户，寒林鸟声啾。池畔残荷碎，庄蝶梦已休。犬吠三径寂，风静雾锁愁。雪梅临窗笑，春光立枝头。

晚秋

河水依岸向东流，雁叫声声唱晚秋。林中黄叶风逐远，白露凝霜梢白头。

七夕

繁星万象若一天，银河浪静云娟娟。鹊桥相会何时会？
离合悲欢魂梦牵。

春

一树花开景如梦，新燕点水动浮萍。细雨轻风拂嫩面，
平野纵目田禾青。

又是春来时

风暖送我去踏青，千里春光绿更浓。万籁复苏飞鸟乐，
欲将欢呼洒长空。

冬野

一夜风起雪初晴，晓光浮动红日升。云雾迷离彩霁起，林间踏雪栖鸟鸣。

暮春即景

落红片片赴清溪，气平意静自东流。香消玉殒超凡尘，魂飘魄荡心无忧。

春风入院来

春风一缕入门庭，冬寒百丝收冷功。丛竹情动泛新绿，梅花招引芳草青。朝晖润染鸟鸣啭，暖意挥洒燕轻灵。乡间柴扉迎远客，鸡犬向天一两声。

冬夜

月朗星稀北风寒，枝颤柯抖夜未眠。思无佳句生倦意，灯花初醒色若丹。

暮春游园

暮春游园访花迟，红残落尽无人识。曲径通幽留余香，心底花开情赋诗。

暮秋

彻夜风雨气色变，落叶惊心满林间。最是梧桐情势急，一树枝条裸寒烟。

初夏

柳静蝉声喧，禾苗起青烟。荷锄待微风，汗水润丰年。

秋色

霜染秋色浓，晓风润群峰。峡间深幽处，枫林似火红。

春野即景

芳草融雪枯又生，旷野暖风万里青。燕鸣柳笛留春住，细雨轻雷放新声。

赏春

春归大地草如茵，霞光玉兰绽芳蕊。信步阶前看莺语，梁燕几声入诗魂。

秋夜听雨

秋风起五更，残叶落满庭。雨寒浸骨冷，败荷声凄痛。琴弦叩问天，今夕叙何情。独听天籁语，孤寂无人应。

仲秋独酌

暑尽仲秋夜色凉，田肥丰熟果含香。农家终年无闲日，
飞萤犹照夜半忙。天高云淡栖鸟静，清影一樽韵味长。
月明痛饮白酒烈，风轻醉笑菊花黄。

秋林向晚

秋林向晚飞落叶，池塘夕阳映残荷。仰望云天千重浪，
倾听风中百首歌。

重阳登高

孤云一片自在飞，大道无形何叹微。山林深处隐高士，
雁鸣声起故人归。闲情逸趣品清茶，满地黄花迎朝晖。
遍地落英偕我老，秋来枫林装红衣。

春夜偶记

神清意朗柳摇风，月满梅残白云轻。旧梦萦怀成新句，语破大荒世昭明。

初春旷野行

草色初浅人知深，风来雨去何相问。鱼游鸟乐自往返，万古穿越我到今。

暮春

花期已过莫愁春，果满枝头足慰欣。最堪悲处流水去，人事同逝无回音。

寒秋

我临黄河思渺然，鸟栖入林日西偏。麦芽初露凝霜气，夕阳闲静起寒烟。更爱乡野筑庐居，只待云来看雪天。

春野

春风疑似来安家，嫩草举手接天涯。暮闻归燕鸣相思，晓惊满树抽新芽。最喜芳菲香溢处，犹梦人间遍地花。

咏史

夜深观群书，心常悲千古。风若镝飞鸣，雨如血喷突。杀伐无休止，哀号有尸骨。千载黑云尽，一轮红日出。

咏史

生死无贵贱，权财有凶残。杀身犹不醒，揽涕仰天叹。功名如浮云，忠义可参天。长夜何昏冥，帝王几人还？

商纣王

资质敏捷恃其才，为政暴烈究可哀。饰非文过好酒色，尽失民心焚灵台。

周武王

牧野之战承天意，殷纣失道焚一炬。分封诸侯扶正道，井田设布和谐局。

孙武

著述兵法十三篇，奇谋巧计天下传。智者谋划生死界，立国安命无烽烟。

越王勾践

尝矢引马无尊严，卧薪尝胆励志坚。灭吴称霸失情义，兔死狗烹人心寒。

范蠡

乱世英才智谋奇，佐越灭吴史册记。急流勇退五湖上，农耕商贾富成巨。

咏屈原

立志强楚骋奇想，昏君不察遭逐放。奸邪当道无人道，英雄扼腕汨罗江。

庄子

参悟乾坤察万象，才无一用胜庙堂。蝶化翻飞自快意，鹏翼展翅九天翔。胸藏玄机得天道，击缶而歌乐妻亡。文思泉涌韵滔滔，智圣泽后神飞扬。

管仲

贤臣逢明主，相识用无疑。有过何须怨，巨才国之玉。桓公成霸业，臣注回天力。万里江山固，千年称颂奇。

商鞅

开辟阡陌奖耕战，颁行新法税私田。变革故旧励首功，严刑峻法剥特权。穆公效此见功效，西陲霸业著史传。商君车裂谁之过，是非功过愚或贤。

赵武灵王

胡服骑射国势强，何患北敌再猖狂。千载兴亡成一理，革故布新取人长。

秦始皇

雄才大略称始皇，挥手之间六国亡。巡行四方八万里，威震河山势气昂。焚书坑儒失人道，忠奸莫辨遗祸殃。仅恃武略难持久，十年短命是国殇。

刘邦

乡野匹夫一莽汉，志存高远自励坚。功业成就有胆气，身后殿堂地天翻。

李世民

乱世枭雄谁忠诚？大旗挥举自称雄。招降纳叛敌为友，荡平河山尽我用。萧墙祸起诛兄弟，王冕当胜亲情重。从善如流听诤言，大唐盛世传美名。与民休息渐富足，怎奈连续动刀兵。古今兴亡多少事，丹石不为帝王生。

武则天

华夏女皇第一人，祖规定数易其神。玉腕轻挥山河定，无字碑上萦绕魂。

李隆基

年少英才称明皇，励精图治兴大唐。四海升平多丽日，五湖黎庶共安康。一骑红尘妃子笑，羯鼓催马反渔阳。玉环缢死徒掩泣，帝王嗜好关兴亡。

赵匡胤

帝王几人是忠臣？走卒秉枢动国魂。陈桥兵变欺幼主，杯酒释兵断义根。成王胜由机巧定，败寇失因不得人。大道不分文或武，皇朝谁家定乾坤？

王安石

义薄云天鹏翼展，变法革新千古传。识人乏术无明目，法正失策亦为奸。

赵佶

书画精到笔生花，瘦金结体成一家。纨绔恣情无情义，
宵小弄奸有奸诈。理政应如烹小鲜，治国岂能任挥洒？
人道得道循天道，后世处世用心察。

秦桧

斯文尽丧售其奸，佐构为相志何满。卖国卖妻卖尊严，
为奴为恶为家犬。风波亭上害武穆，千古罪责乌铁担。
纵使长风飞逝去，往事入册岂为烟？

文天祥

英雄浩气壮河山，赤胆忠心薄云天。北望中原揾热泪，
民族义节挺且坚。

林则徐

男儿智勇赴国难，虎门关前倡禁烟。祸福荣辱何须计，身筑一业动九天。

读史

高轩车马如浮云，锦衣玉食化作尘。富贵荣华何足道，笙箫钟鸣已失音。谁问山中有何物，只言岭上多白云。圆融通达自怡悦，性情心境怎寄人。

咏荆轲

秦王势吞燕，侠骨一剑寒。击筑高声唱，易水动乡关。精魂化碧涛，重诺血成全。英雄多揾泪，秋风常咏叹。

屈原

长路漫漫修身远，上下求索数千年。汨罗依旧东流去，
万千世事已如烟。

咏《梁祝》

此生有缘天注定，两心相悦情意融。世事不随情人愿，
蝶化翩飞一梦中。一曲《梁祝》咏绝唱，儿女情长亦短
命。今夜梦蝶寻君去，自当花前月下逢。

咏牛郎织女

生来钟情只一人，不思仙家恋凡尘。鹊桥相会何时会，
望断天河两星辰。

读史

俯仰千古事，笑谈付流风。往来如云客，多少杳无踪。嫩芽亦零落，轮回非重生。禅心终悟道，示启一卷中。

读《萧统文选》

乡野村夫亦为官，皇室贵胄岂轻贱。不谋江山重文理，椽笔抒写华美篇。

才女怨

名门有才女，孤芳独自赏。昨夜明镜里，已知误佳期。邀月步庭院，流风难着意。若在常人家，早嫁如意婿。

咏抗日名将张自忠

投笔从戎济世雄，一代英豪驾长风。宝剑寒光映冷月，旷世高标如云松。疆场虎跃扬大纛，长空鹰飞建殊功。忠心爱国千秋鉴，雄才大略四海敬。

孙悟空

顽石感化育精魂，猴头叱咤兴风云。奋起千钧金箍棒，澄清玉宇惊鬼神。

李白

人去越千秋，孤云独清幽。诗才成谪仙，江湖自风流。庙堂高炫目，乡野任自由。浮生诗酒伴，众望太白楼。

读史杂感

千年过后事未湮，万夫逝去人不还。亭台楼阁入尘处，残砖断瓦值几钱？声色犬马任喧嚣，帝王将相奈何天。

生死轮回谁看透，万劫不复心莫贪。

读史

人生一世苦多情，几人自主掌沉浮？爱憎仇恨如山海，都被流风吹作尘。千载万年已去远，芸芸众生存尸骨。沧桑变迁自轮回，回头望时心更善。

秋瑾

上天特赐女儿身，一世英杰铸雄魂。江山飞溅蛾眉血，秋风秋雨愁煞人。

深夜读史

夜深阅古卷，穿越过千年。心悟前贤意，情动古今变。谁知兴亡事，在人不在天。茶香已无味，曙光照窗前。

花木兰

阳刚正气蕴温柔，巾帼英杰荡敌酋。祥云一朵凝亘古，
辉光多情照千秋。

读史

时光如水流，史事随风走。尘沙积千仞，山高石亦忧。人
生兼五味，几句留千秋。今夕复何夕，休为笑白头。

观电视剧《苏轼》有感

大家风范冠宋唐，情志神采声名扬。文思泉涌起潮流，
词铸胜境韵豪放。历经磨难情未改，诚真志坚意气昂。
造福黎庶惠苍生，道德千秋世流芳。

观史偶记

人生如梦亦如烟，上下求索几千年。协和万邦天之道，人世争斗苦纠缠。繁华之处贪名利，贫寒来时逞凶残。舍去运命全不顾，只剩清风一线天。

咏范蠡

助越灭吴计策成，弓藏狗烹谁认同。五湖泛舟携伉俪，千古史册述美名。

悼念母亲

慈爱逝如叶落树，恩情流失雨绝天。天雨绝后有归云，
叶落枝头来年现。堂空燕飞静无声，室暗人去如日夕。
徘徊良久独哀痛，梦中泣下湿枕席。

悼亡友

一

冬临气薄暮，风劲衣犹单。合影笑意在，承夜梦聚寒。腮
边有苦泪，忘忧情何堪。拂尘掩虚座，怅然对无言。

二

风月亦多情，夜幕长垂泪。花开蜂蝶恋，入目定敛眉。人

去永别后，化作十年悲。故地今重游，苔生无履痕。

三

往事渺云烟，今宵别梦寒。清风月朦胧，琴瑟何人弹？桃花悲零落，人痛听夜泉。忽如梦中来，仿佛心魂牵。

伤逝

昼去夜复归，逝者永不回。斯人别离后，睹物徒伤悲。昔日互唱咏，今朝对虚位。如梦忽相语，惊起独徘徊。

念故友

相识如白壁，结交素清洁。双目对视时，两心互无猜。恨世污浊处，教人生名灭。人去惊逝水，履迹覆青苔。

思亲

人去房舍空，叶落燕南飞。垂涕思恩情，摧心意飘忽。寒烟聚复散，清阴带雨浓。风起刺入骨，沥思独动容。

悼亡友

一

门前树枯依成行，笙箫心痛绕旧房。秋霖沥沥难停遣，西风哀哀夜正长。

二

一朝君去如流风，今夕道别似飘蓬。心痛神伤暗凝泪，席间声喧谁人同。

悼亡友

魂归去兮魄如烟，断肠犹系手中弦。乱蝉衰草荒丘上，仙路云深缈入天。

访友不遇

乡远巷僻草萋萋，庭静门封垂柳低。不知人去归何处，花残入溪月初西。

逝者

死去何所道，逝者长已矣。木枯有荣时，雨落不复回。人既入泉下，万古尘坠泥。音容梦中在，青鸟夜半啼。

重游故地

岸花临潮发，鸥鸟逐浪飞。少壮轻岁月，迟暮惜光辉。故地今重游，旧识昨如非。炽爱已不见，极目泪沾衣。

悼念慈母

慈母恩德深似海，孝心未尽时不待。膝下承欢瞬间事，儿常感念梦入怀。

忆父亲

人生一场梦，父子几多情。严教身常示，做事立规正。从政入仕途，诲言犹提醒。清风入户来，慈颜笑叮咛。

忆童年

慈母拥立笑模样，耳提面命旧时光。挥手远去路何在，泪眼醒时梦一场。

忆故友

一

月圆时节泪沾巾，花吐芬芳心生悲。阴阳作别永相忆，死生永年情依偎。

二

少时自寻欢，不问苦与愁。年过半百后，春来尚悲秋。

听友抚琴有感

人生相识当同心，琴弦未动便知音。冬来若知寒梅意，和寡谁怜伯牙琴。大江东去骚客远，夜月空响醉翁吟。朝霞渐褪人将老，高山流水弹到今。

会旧友

卅年之后又重逢，执手相望问康宁。共处韶华已飞逝，
尚留少年诚挚情。

送别

此生寄寓云水间，凝聚情爱铸诗篇。离愁别恨随风去，
心意缠绵越千年。

送女远行

爱女初远行，挥手泪黯盈。可怜父母心，难诉犊舐情。

致故友

此生至交有几人，生死相隔仍牵魂。难忘把酒看泪眼，
飞鸿九霄传心音。

梁山同学聚会

光阴转眼三十年，执手相拥话从前。斗转星移容颜改，情意真切仍故然。

昨夜梦

父母作别几多年，儿时嬉游膝下欢。故园消逝慈恩在，梦醒时分泪未干。

黄河坝头

黄河自古向东流，沃野千里情丰厚。白发扶杖回故里，闻母唤我几回头。

邀老友故乡做客

农家麦收已入仓，邀约师友来故乡。笔墨畅酣汗挥洒，谈笑通达酒更香。新苗初喜承好雨，名家尽兴赐华章。
野旷风清云舒卷，忘情时节自豪放。

奉伺母亲病床前

黄昏病榻母正眠，白发已侵旧时颜。流年似水岁月老，
儿愿长许细细看。

回乡与儿时伙伴小聚

浇尽乡愁酒一杯，把手语欢心无讳。儿时故旧真诚在，
不贪功名无虚伪。

长发飘飘

长发飘时痴情扬，喜她纤纤似柔肠。根根无语梦牵系，
绵绵长夜束星光。

送友人西行

执手无语两相看，栖鸟数鸣柳含烟。细雨蒙蒙向远路，已把情思写满天。

与故友交谈

离别多年今相见，执手语欢情绵绵。拥坐山石忆旧事，雪花飘时已忘寒。

秋夜闻邻女二胡曲

秋夜微凉心寂寥，一曲悠扬触心涛。如泣如诉谁人怨，风雨潇潇吟离骚。

又梦娘亲

倚门待儿放学回，窝头香甜笑语真。野菜清汤只一碗，怜儿无米度荒春。

祭母

劳苦相伴富裕失，儿承母恩寸心知。琼筵易享丰年后，粗饭难求荒岁时。生死相隔痛心彻，恩德难报恨迟迟。情润养育天地露，心田永筑慈恩祠。

祭友人

一别尘世情义深，十年谁人可倾襟。人生是非风烟杳，得失荣辱泥沙沉。灵前焚稿英年去，月下长歌代抚琴。遥望泉台云缥缈，杯酒敬上闻心音。

又逢清明祭父母

父母双亲已远行，野地又多新坟茔。阴阳相隔魂悠悠，泪花散作白发生。

回望

秋雨淅沥桐叶惊，残荷香消梦相萦。乡径步履烟树远，娘唤儿亲天动情。老宅归来门虚掩，人去院空魂如梦。天命已过回首望，为子常思孝道行。

忆陈年旧事

一夜风雨似当年，独立船头望海天。涛声断处泪已噎，都市灯火视如烟。

致友人

信息卅年当来迟，人生半了未了痴。万语千言情难尽，霜雪尽染鬓边丝。多年不见何须见，任由风云寄相思。

祭父

清明无雨人亦悲，坟前跪拜泪湿襟。少壮奔忙难尽孝，
中年冢畔空伤心。期聆严训已成梦，欲问慈安悲生魂。
灵山相聚升九天，东风送传子规啼。

忆往昔

黄河滩里度少年，拾柴割草亦堪嫌。羊群草丛觅食饱，
菜苦荠甘入筐篮。河汊鱼游自由乐，鸟进树林纵情欢。
年少不知愁滋味，今忆往昔苦中酸。

观王占寅先生书法作品

一

先生书写笔法精，势追前贤攀顶峰。行云流水随心意，

龙飞凤舞墨抒情。挥洒自如毫运气，力沉型健体稳重。
气韵雄深大风歌，诗画清秀构纯青。

二

运笔着墨循规正，方圆肥瘦特独行。颜筋柳骨壮行体，
精工建构妙韵成。真草行隶尽古意，浓淡干湿标新峰。
信手提按心自如，巧设章法墨香浓。

三

行笔气韵竞栩栩，点画腾挪势稳沉。雄壮厚重力透纸，
轻灵飞动神飘逸。昂首低俯自从容，浓墨飞白意淋漓。
骏骨殊相凝笔端，书坛盛名远驰誉。

访友

山空云缈处，轻步访友人。春燕飞绕树，涧水奏仙音。柴门无人应，庭院花丛新。风清歌一曲，栖鸟待黄昏。

祭母

又是清明雨纷纷，暮草昨枯今已新。跪拜焚纸心祈悼，不见倚门白发人。

为朋友话别

相聚数日话衷肠，执手泪眼两相望。细柳叶落伤别离，风卷残荷动愁肠。共处不计时光久，散时忽觉岁月长。林喧鸟语已向晚，两行铁轨去远方。

与何香久相约

今夕为何夕，佳期动我心。身微人不贱，情真遇知音。千里慕贤达，相聚话古今。有幸成此约，生平俱兴欣。

忆童年旧事

少儿不知春或秋，玩耍嬉戏无苦忧。土墙刻画写大字，饥肠渴饮冷水透。割草放羊拾柴火，犁耧锄耙自作牛。时光如梭凌空飞，梦醒难洗天心愁。

悼亡友

天不假年业未成，地可容身命作恒。辛酸苦痛皆过往，成败得失如幻影。阴晴圆缺天之道，起落浮沉水常形。罢却凡尘世俗客，入列仙界功德名。

访同学有感

有缘同窗同龄人，携手并肩几度春。卅年以后又相见，高下起落有浮沉。

祭母

夜深雨落孤灯暗，墙寒影摇梦入魂。辛苦劳作病侵体，勤学攻读荣家门。清明又见杏花落，麦田碧波绕新坟。儿时扫墓随娘后，今日跪拜祭母亲。

忆少年

少壮皆豆蔻，入世携手游。城中多初见，惊喜是高楼。自是立志向，争先唯恐后。卅年已去远，心事付金瓯。

伤别离

隆冬时节离乡关，此去路远天向寒。儿女情长话离别，语未出口泪遮眼。人生往来有取舍，志存高远情不变。半百已过来日短，问心无愧好河山。

告别

难忘执手看夕阳，相拥峰顶话沧桑。正是伤心别离夜，无言以对已曙光。

梦中与父母相聚

仿佛儿时紧依偎，耳提面命复嘱语。忽觉梦醒哭相拥，月夜阶前影依稀。

示友人

生来芳桂性，春荣冬积深。直率真诚在，贵贱志永存。若有金石交，贤达当可论。驰骋风霜力，碧山松月心。

送友人

今世有缘能相逢，他乡别离亦情融。何用多言送一笑，君行千里正事风。

西藏行·望云

一

好大一片云，芦荡似舟隐。远心随风扬，安坐看浮沉。

二

雪峰云悠闲，日中天更蓝。溪流汇聚处，心净忘归还。

濯溪

清涧濯尘足，雪水沁入骨。心静何忧危，地远忘险阻。天高云洁白，溪流梦逐游。此处无是非，瑶池西王母。

箕山

寻访先贤迹，今游颍水滨。许由隐箕山，利禄不污心。闲士伴明月，酌酒自逢春。今夕复何夕，善哉乐悠人。

游定陵

帝王陵寝地宫营，游客如织成一景。不知魂魄今何在，昨日威权付流风。

游历山雷泽湖访虞舜圣迹

一湖明镜映千古，游鱼腾跃水波涟。舜耕历山花果香，村民至今犹让畔。清风吹来群蝶舞，菜花金黄迷人眼。尧天舜日神圣景，心旌摇动赤县天。

访临濮亭

千年古县地，胜迹临濮亭。旷野风抱树，小荷叶招蜓。古道已走远，吟罢酒已醒。野草本无忧，放眼满地青。

登泰山

雄峙东方上九霄，不懈攀登胆自豪。我仰东岳甘居后，一池清莲不争高。

游碧霞祠

千度轮回历沧桑，尘世欲海渺茫茫。祈愿苍天情不老，抚慰众生爱无疆。

晨渡黄河口

一叶小棹任孤行，风闲云淡舟自横。独坐烟波无妄念，一人江湖盼水清。

游桃花园

绿野桃花红一片，满目春色娇艳艳。三月东风送暖意，彩蝶黄蜂痴情恋。

过鄄城黄河大桥

千年古县路途遥，黄河东流自喧嚣。红尘多少名利客，
今朝有缘过此桥。

登陈王读书台

才高八斗七步诗，王侯身贵运命掷。草木稀疏鸟静栖，
纵目长天日落时。

登葵丘会盟台

千年过后碧云天，旌旗烈烈是旧年。秋色如画台隐现，
闲士悠然赋诗篇。

游崂山

海潮起落日西斜，山林静幽居仙家。翠谷紫苑云深处，金风玉露绽黄花。

天涯海角

茫茫碧海涌白沙，尘世深处是天涯。秋光云天身何处，魂游梦中一幅画。

游黄河人家感怀

黄河人家建酒楼，招引远客慕名游。农家小菜杂五味，酒品人生解忧愁。明月悄然照临夜，时光已随水东流。休叹青丝换白发，激情笑语是千秋。

海上

天风荡层云，海上鸟飞绝。男儿情似水，万古扬清波。

镜泊湖

天造湖光好，群山笑相迎。春来一片绿，雨过是新晴。冰泉初流涩，稚鸟早声鸣。临湖一杯酒，心已醉春风。

登白帝城

瞿塘峡口白帝城，托孤最是兄弟情。怅望天涯心涕泪，诸葛魂铸千古名。

过雁门关

千年耸峙铸雄关，史事写就英雄篇。长啸一声山河醉，群山万壑气浩然。

登临武当山

千里慕名来神山，健步天梯参金殿。香雾缭绕信众拜，汉江远去一线天。

游寺院

凡夫为己才求仙，乞运长跪拜神坛。香烟袅袅催人醒，心域旷达方悟禅。

华清池

盛唐时节传佳话，华清池畔浴芳华。明皇一失留遗恨，宫殿烟灭空泪洒。

游西安

车马声喧已无息，英雄万千随风去。咸阳尘色弥古道，灞桥柳长寻失迹。海枯石烂平常事，天荒地老亦无奇。
长安此去已走远，新城起处世早易。

草原行

一

草原漫无际，风送摇篮曲。车行碧波间，恍然入梦里。

二

碧草向远天，缈遥望一线。风鸣如行水，牛羊隐隐现。

西藏行

今日西藏行，如梦已飞越。蓝天空玉宇，珠峰映白雪。浩荡长风吹，冰川壮辽阔。深情心永寄，魂魄如明月。

深夜南海行

海疆浩然情怀烈，金瓯永铸坚无缺。识得神州辽阔美，
男儿勇当做雄杰。豪强今日仍狂舞，我挥长剑斩蛇蝎。
古今志士同一梦，海上明月映碧血。

九寨沟

东来远行客，今游九寨沟。冰山浮云海，雾锁山间楼。风
幡寄祈望，清溪出源头。美景天设定，人喧无清幽。

游山河关

世事往来渺如烟，千年风云起雄关。潮起潮落天之道，
逝者如斯向远天。

登华山顶峰

天地造化万壑奇，鬼斧神工出绝壁。心气浩然唤风雨，长啸一声云天低。

黄河岸边题晚

骄阳西隐亦娇柔，辉光黯然渐敛收。黄河依旧东流去，多情应笑不回头。

关爷庙

乡间小屋供神明，关公泥塑坐当中。大刀难挥斩穷根，雄风不在怎显灵。

唐塔

唐时青砖逾千年，半塔入地怎擎天。后人修整期好运，雄鸡高唱换新篇。

走访马陵之战遗址有感

一

鬼谷授徒育雄才，膑刑痛斩义字灭。智慧权谋拼斗处，流风仍说情仇哀。

二

古人施计后人传，减灶诱敌出奇篇。战车驶过无声息，衰草不闻车马喧。

题石壁

遗世独立自非凡，风雨侵蚀意志坚。游人留影谁识君，骨气凝神起佛烟。

登泰山

心高不畏峰，路艰志更雄。登顶声啸处，豪情涌苍穹。

初上峨眉山

千里寻访上名山，猕猴迎前情自欢。翠岭绿韵销魂处，林鸟鸣时人无言。

夕照

峰顶纵目望辽阔，风起云涌动万壑。天地有情绘图画，夕阳挥洒金黄色。

泰山挑夫

肩挑千斤担，健步十八盘。沉稳如岩石，脊背似泰山。

望海

风急秋意凉，浪卷鸥飞翔。水天连一线，心涛兴若狂。

独步山林

独步山林行，修身起晨钟。仙人隐居处，远客亦动情。

登中央电视塔

放眼苍穹心域宽，俯瞰大地顿豁然。往日登楼赋小诗，今来此塔鹏翼展。小小环宇岁已久，吾励宏志过中年。举手心迎风云会，万千意念凭尔传。

拜谒成吉思汗陵

开疆拓土君自多，英雄射雕又如何。欧亚一地铁马驰，山河破碎动刀戈。尸骨遍野鸦悲鸣，老幼凄惶夜哀号。

今世已是清明日，日月行运自平和。

游鄄城胡窑桃花园

徜徉林园心惊魂，花气宣熏亦醉人。仿佛已至天仙界，
忘却秋霜早染鬓。

车过宁波跨海大桥

飞车沧海意气豪，平步浪尖自逍遥。千古已梦多少事，
凡夫今世凌碧霄。

游本溪大水洞

鬼斧神工展画屏，轻舟驶过如惊梦。平生游历山水间，
沧桑自叙古今情。

过秦岭

一

汉王栈道已修残，萧何月夜悔追韩。奇谋巧计谁成就，诸葛彻痛出祁山。

二

风姿倾国蕴骊山，华清池边贵妃眠。飞骑千里关山度，谁人知是荔枝甜。

三

曲江水流绕雁塔，灞桥缥缈翠柳烟。渭河泽育秦川地，汉唐迷失是江山。

黄河向晚

黄河泛波起弯月，牧童扬鞭驱晚霞。宿鸟岸边栖老树，新麦香飘进千家。

登山

登山独临高，身轻心自飘。山高我为峰，远眺云渺遥。风起叶凋落，天寒鸟不噪。冬携肃杀气，林待春来早。

参观冀鲁豫革命历史纪念馆

烽火连天几度秋，国耻犹在恨未休。历史教训永铭记，铸魂崛起莫忘忧。

游黄河堤岸

春风满两岸，杨柳翠含烟。鸟鸣茂林里，波光连远天。

拜谒亿城寺

千载名寺故事多，春风伴我谒佛陀。心净气静香三炷，
只求民丰世谐和。

夜宿古寺

自在潇洒心性在，不问暮鼓或晨钟。风雨雷霆独行处，
我有一念君梦中。

庄子钓鱼台

濮水欢畅向东流，草帽木屐河边丢。钓竿无有下垂处，
鹏鸟伴蝶梦中游。

杜甫草堂

溪水千载自说唱，诗圣当年可风光。流寓无所迹遗处，

诗情眷眷品草堂。

登蓬莱阁

何处仙人迹，空余楼台阁。长天云缥缈，沧海唱寥廓。旧梦早流逝，新潮仍起落。谁解其中意，八仙是传说。

黄河人家就餐

黄堤长长草盈坡，河畔清风燕穿梭。好友兴起人齐醉，清明时节柳唱歌。

游布达拉宫

仿佛梦中西藏行，巍然壮哉起圣宫。寺观崇敬儒释道，空门已入心安宁。

游韶山

虎踞龙盘依圣山，洞无滴水有清潭。瑞气已随伟人出，立正致敬故居前。

松花江

一曲唱响入流云，抗倭号角万马奔。惊涛拍岸千堆雪，书写史册注雄浑。

冰雪大世界

琼楼玉宇冰世界，塑造玲珑妙姿态。虹灯色欲迷人眼，置身自觉在瑶台。

贺鄄城一中校庆

百年树木又逢春，万花盛开绿成荫。八方乐奏送捷报，四海涛声唱才俊。

游孙膑旅游城

清风朗日彩云下，绿荫丛中又看花。圣贤已过后人敬，诗情豪气自生发。

游纳木错

雪峰环绕天门开，一龙飞驾王母来。笑问客途可安好，圣水波清浴瑶台。

游羊卓雍措

一碧青玉似弯弓，雪骨冰释身自清。任尔浮云勤摸拭，心无尘埃明如镜。

深秋路经黄河口

西风迎送雁一行，衰草萋萋写苍凉。浊水一泻东海去，泥沙仍带旧时伤。雪山冰释自凝重，路途九曲几回肠。大海犹记空高处，万化归一起沧浪。

观故宫九龙壁

久蛰帝王家，可有捧日心。鳞爪锋芒露，仰视有几人。居此凡间隅，无知水云深。一啸冲破壁，开宇九万寻。

海市蜃楼

平地突兀现仙山，琼台楼阁起蔚然。明知幻象非真景，心梦依在缥缈间。

雪中黄河岸边漫步

今冬初雪入平野，林木悄然情期待。阴霾沉沉暗宙宇，
流风穿袭鸟鹊哀。乾坤蒙蒙唯有我，一身洁白独徘徊。
黄河知我会临意，浮云散尽明月来。

大雁塔

大唐气象一时新，雁群飞过宾如云。塔成已是乾坤定，
铸就盛世千秋魂。

景山

末世风雨满天愁，帝王大业空希求。自毁长城留遗恨，
功过后人望梢头。

黄巢点将台

兵马嘶鸣今何在，旌旗猎猎鼓角鸣。揭竿而起撼山岳，

振臂一挥贯长虹。扬眉吐气日西斜，王侯将相安有种。
政易权败缘由奢，几多高位自相倾。

泰山夕照

沟壑丛林起微风，山峦翘首夕照明。阳光遍洒金黄色，
高低远近却不同。草木自知冷与暖，石头贵贱也分种。
谁人知晓天之道，富贫贵贱自奋争。

远眺喜马拉雅山

心敬雪域生神山，特立独行耸云端。愿君随我中原去，
五岳奉迎恭仰瞻。

白云观听道场音乐

凡曲人间自沾尘，道乐逍遥渺入云。空门仙音听闻处，

物我两忘净心魂。

三江源

一

溪水淙淙通大洋，山峦起伏收夕阳。冷冷细水隐无声，归宿惊涛托朝阳。

二

雪域山峦溪水悬，霞光映照风披肩。征途迢遥千万里，龙游归海浪涛天。

游羊卓雍措湖

紫雾生腾诵雪山，平湖隐约缥缈间。玉宇琼楼销魂处，可有仙人来结缘。

游纳木错湖

魂牵王母逍遥处，雪域游龙自盘旋。天光云影平如镜，心静忘却在人间。

游金堤

风行碧水披轻纱，长堤依依绕万家。柳絮飘飞惊燕舞，群芳吐蕊涌春华。

古郢行

山东出豪侠，古郢武士佳。人杰宗开宝，地灵育士家。古城天独厚，广开路无涯。但见华夏龙，故里天惊霞。

人民广场早练

卯时即起健步行，教练武术育精英。梅花佛汉身矫健，太极功运意常平。单鞭下势金鸡立，抱虎归山野马闳。
吐纳丹田充浩气，汗流过后身轻盈。

登山望远

山峦生风云，千峰争嶙峋。阳光辉照下，贫富也不均。

望海

天海一色水茫茫，浪涛飞起风亦狂。鸟影掠过身矫健，
波光闪处声鸣扬。

访庄子垂钓处

木屐声已远，濮水逝不还。钓竿早失落，蝴蝶自蹁跹。

游北京故宫博物院

庭院深且大，连城珍宝荟。皇家早失落，帝王已无尊。世

道自更替，游人窃私语。贵贱非人定，乾坤亦循规。

观瀑

树密枝稠绿织荫，满山空翠传鸟音。飞瀑如龙破崖壁，凡夫瞩望悟天机。

白帝城

托孤时节动真情，诸葛一生献赤诚。男儿承诺终无悔，江水长流永品评。

雨花台

天神河口降雨花，几粒石子碧血洒。王朝兴灭江山改，草木惊风亦肃杀。鬼神做戏人为主，浩劫未尽苦挣扎。低眉合手心祈祷，和谐盛世铸华夏。

南京大屠杀纪念馆

弹丸岛国亦逞强，侵我疆土如虎狼。刀头滴血灭人性，
三十万众成国殇。青天白日色暗淡，山河万里陷危亡。
饮恨至今魂铸鼎，东方日出永辉煌。

拜谒苏氏宗祠

皇朝王裔起蒙元，大厦倾倒公南迁。指苏为姓门庭立，
后世铭记传家远。三代庙堂居高官，赫赫有名成乡贤。
遗德恩泽广布施，雨露浴心永甘甜。

登五台山

一百零八寺，钟鼓浴禅风。灵光辉映处，松云绿间红。

黄河入海口

长河浪尽入海口，浩浩荡荡汇大流。芳草萋萋无边际，万羽翔天竞自由。

拜谒岳飞墓

南宋存亡地，百战岳家军。千年众生颂，忠骨今犹存。长天曾浩叹，国兴倚明君。山川此有幸，孕育忠贞魂。

游少林寺

嵩山环抱古寺雄，千年练就绝世功。达摩面壁十年苦，修得真身八荒荣。晨钟暮鼓烟缭绕，灵光映照世通明。风雨凝铸勋业在，众生信仰妙无穷。

游西安城楼

西风击缶伴秦腔，弦歌激越夜绕梁。渭水涤去六朝事，何人遗梦在咸阳。

游黄河滩

大河烟雨依旧亲，诗情画意最怡神。河鸭水鹭疑知我，茅草依依欲留人。

登北京西山

枫叶正红登香山，朝晖初起雾升烟。天远孤鸟高飞尽，秋风秋雨人觉寒。草色衰枯虫无声，浓云起涌天低偏。放眼江山旷寥廓，身在峰顶独凭栏。

咏孙膑牧牛处

此处当年潍水流，月厌河畔锁清秋。少年英才孤生苦，泰山老母赠神牛。青山依依拥怀抱，后人凭吊兵圣楼。

登高望远

登高纵目天地宽，尘世一隅心豁然。长空涌动风云会，心潮起伏意万千。

浮龙湖

苇叶初残鸟啼鸣，碧水凝翠映泓明。鱼虫食眠水卧岸，杨柳垂波钓晚晴。

皇城相府

庭院恢宏号皇城，世俗喧闹成一景。王朝不是天注定，位高权重岂永恒。旧迹斑斑染尘土，青壁陈垣爬野藤。
功名应似润晨露，富贵本是三更梦。

山峡行记

高原峰岭连沟壑，南北东西多叉错。平野风起水远去，
愚智毕露皆自作。

咏古鄄

古鄄千年走到今，邑人岂止梦入魂。谷林风起尧时景，
雷泽犹存虞舜心。陈王奇文《洛神赋》，先芳著诗复沉
吟。圣贤累聚开新宇，盛世风涛荡积贫。

深山寻古寺

殿宇凌虚起深幽，清泉涌动涧谷吟。残阳穿林红透骨，

松涛应风绿操琴。高士山隐寻仙梦，凡夫思净修精魂。
万象可量皆羽化，坤乾倒转应沉沦。

寻访庄子钓鱼台

濮水苍茫日照开，蝴蝶一梦谁人哀。庄周鹏翼扶摇去，
长竿化尘无钓台。

纳木错

圣湖清碧映雪山，银光翠闪到远天。啜饮一口天上水，
心彻痛爽忘尘寰。

参观秦始皇兵马俑

秦皇一统世称雄，车马声喧一缕风。岁月无情天亦老，
何人辉煌到永恒。

小溪

田间晨晖起苍茫，霞光升腾溪水唱。东风轻点桃花园，水流深处春初航。

塞外行

大漠苍茫连浩宇，长路逶迤数千年。将军拔剑烽烟起，伐鼓战马乘雷电。壮怀激烈吞日月，豪气干云冲霄汉。驱除敌凶风月静，神州九鼎定河山。

江南行

一

雨后品新茶，悠闲居农家。薄雾绕溪水，田开油菜花。布谷三两声，垄上牛犁耙。庭院炊烟起，波光动晚霞。

二

微风叶轻动，蝉鸣唱晚晴。远客叩柴扉，蕉叶荫满庭。竹影相摇曳，心喜默无声。主人性纯朴，好客情真诚。

三

芦苇满江洲，竹林随岸行。春霖覆碧野，烟雨迎晚晴。平沙落羽鸥，鱼跃波动情。芳汀晖光闪，梦境一夜青。

游普陀山

海孕仙境出神山，佛光普照波光闪。凡夫渡海离尘世，殿前承露进福园。天降法雨鱼欢跃，潮奏梵音客香眠。去留无意云卷舒，慈航一渡心超然。

游长白山

向往梦久萦，随伴登顶峰。山重在脚下，遥天一身轻。心与乾坤接，情逐云腾空。天池明玉璨，似仙欲乘风。

游园偶记

花开花落自天成，浓浓香艳宅为名。风姿雅韵任由我，嫩绿盈树枝满情。

观沧海

舟行沧海有忙人，沐雨栉风自深沉。渔家谁人闲观水，残阳如血万古心。

又上岳阳楼

浅绿清香茗，湖山蔚葱茏。千载诗文古，山花映面红。光景流连久，斜阳一笛风。凭栏纵目望，乾坤自多情。

华山峰顶

人过半百登华山，健步直上碧云端。纵目八方鸟飞尽，身若腾空人似仙。面向绝壁悟禅意，峰育灵秀蕴箴言。物我两忘三界外，淡泊宁静看人间。

游故宫

红墙金瓦紫禁城，雕梁画栋技工精。今朝游客云集地，不见天子也无龙。

秋游黄河堤

长堤如龙凌苍穹，树木林立接碧空。黄河依旧东流去，一曲高歌敞心胸。

游大雁塔

大唐堆砌砖，神通越千年。玄奘西归来，真经始布传。佛光普四极，解难九重天。金玉何足贵，拜谒敬前贤。

观瀑布

银练飞腾落九霄，雷振空谷鸟飞绝。山惊峰呆水击溅，长流远去荡清波。

参观汉墓考古挖掘现场

汉家湮灭二千年，风行云止赤县天。车兵马俑无声息，焉能恭卫御驾前。

登华山峰顶

天造有奇险，绝壁翠松坚。云烟沟壑飘，峰巅正秋寒。一行雁南飞，霜叶红烂漫。心旷天地阔，流霞飞满天。

河西走廊行

大汉苍茫数千年，风啸雨骤起雄关。壮怀激烈鸣伐鼓，
将军拔剑铁衣寒。马蹄声急吞日月，豪气勃发冲霄汉。
江山一统酹酒敬，励志报国向九天。

游普陀山

松柏繁茂生紫气，海天碧涛入天堂。佛殿万民祈宏愿，
康泰平安立八荒。

灾后北川

青山碧水猛震颤，人间悲喜两重天。生也无常多变数，
灾祸何时不偶然。地动山摇容颜改，凄风苦雨逝北川。

银河冰封夏阴冷，天宇迷失月亮船。

蜂园

春日寻芳槐林前，树丛穿越忙也甜。闲人园中生雅兴，吟诵赋诗醉成仙。

秋湖游

小棹驾舟荡波流，驶进天高水深处。几只鸥鹭烟渚上，抛却尘世俗人愁。

看飞瀑布涧流

秋色浓烈时，瀑越万壑流。枫叶映艳阳，涧溪不回头。千年仙人绘，万里美景收。登高自望远，俯仰情深悠。

登泰山

五岳独尊居东方，气吞霄汉历沧桑。虎视黄河起祥瑞，龙飞九天著辉煌。追风揽月昂巨首，摩日赶云挺脊梁。玉皇登天情未了，神舟破宇踏星浪。

游温泉

温汤浴罢林中行，光影飞动旭日红。林海竹丛道幽径，溪水飞瀑共和鸣。

山野游

入山尘嚣远，轻风微雨寒。雾锁天欲坠，云开上峰巅。林中闻天籁，崖边望云卷。山洞暂借宿，浮生一夜眠。

晨起游桃园

昨夜雨潇潇，朝晴催行早。桃园新花开，心涧情更好。

城濮之战古战场

退避三舍君子风，战入史册血写成。铁马金戈土蚀碎，落日秋风仍抒情。

山行

细雨蒙蒙山注情，红日闪闪鸟和鸣。飞流匆匆寻去处，空谷款款呼留停。

延安宝塔山

黄土厚重基石坚，宝塔挺立身巍然。一代英豪齐雄起，千年神州换新天。

题望江楼

崖边突起望江楼，江流天地纵目收。千年古韵雕梁绕，万道霞光朝雨后。

凭吊古战场

权利争夺起浩劫，草木惊风染碧血。鬼神泣号风扫去，石碑冰冷标高洁。枭雄做戏无衰盛，江山更迭有兴灭。仰望苍天默无语，低眉合掌心痛切。

忆初秋夜宿黄河边

初秋夜清凉，田园草径深。水声来暮渚，帆影隐入林。童稚恋雏鸟，又伤损口琴。欲归寻旧梦，明月照河心。

拜谒曹植墓

七步成诗有奇才，古鄄高筑读书台。谪仙意气开想象，酒酣痛吟洛神哀。登台赋诗披天风，心胸裸露月满怀。庙堂之上众仰视，野菊作花谁人采？千年幸有一堆土，荒野孤坟丛草衰。名垂青史何为用？都付流风归蒿莱。

过古城堡

昨夜雨刚过，今日风乍起。秋高气清爽，满目皆残坏。时光无声去，千年列旧迹。琴曲已走远，月新光迟迷。寻访抚断壁，可曾马蹄急。人随影飞逝，怅然沙沉寂。

寻访古战场

刀剑舞西风，流响飞镝鸣。千年陈迹在，万军沙扫平。休问兵家事，莫言史册名。梦醒抚长戈，谁家庭院空。

黄巢点将台

黄花开时百花杀，旌旗展处日西斜。盛唐已去如落日，衰草死枯寒气发。中原逐鹿血飞溅，成王败寇真非假。江河东去复何计，滔滔流水尽淘沙。

黄河夕照

日落长河荡心魂，晚风吹来暮鼓闻。禅房西望灵光现，月亮照临佛家门。

过骊山华清池

皇家风流亦如烟，繁华姻缘成笑谈。歌声羽衣已为逝，
海枯石烂凡人恋。蜿蜒驿道入云际，荔枝乡间童叫甜。
森森林木忍无语，重重铁环围雕栏。

登峨眉山

绿水青山岁月长，金顶佛光彩云祥。暮鼓晨钟警尘世，
凡人几度开灵光。

望山间瀑布

古木参差无人径，未至山涧已闻声。飞流惊呼下危石，
月色含泪冷青松。

黄河落日

西望黄河出云间，飞鸟有意逐水还。信步岸边临古渡，已是落日红满天。

游亿城寺

暮春入亿城，绿色溢浓情。鸟随入林乐，花逐抚波风。诸佛皆端坐，香客何欲空。流连群芳歇，心解趣无穷。

山中即景

山际绕炊烟，林中窥落月。鸟向崖间栖，云从山腰飞。

西藏雪山行

天造山貌分，高低不同合。涧边生春泥，峰间留夏雪。

拜谒雨花台

初次南京游，拜谒雨花台。英灵祭社稷，赤胆荡尘埃。仰观雾霾起，侧听江水哀。躬身致敬礼，肃然生感慨。

清明节拜谒烈士陵园

手秉烛光照夜明，先烈风骨万年贞。精神意志钢铸就，功业国魂火炼成。江河涌泪长祭奠，英雄永垂民族铭。晚辈拜谒共祈愿，忠魂萦绕神州梦。

游乌镇

古色尽染山水乡，小桥拥水连街墙。梅雨时节呈奇韵，几树花开扑鼻香。石径偏爱幽静处，凡夫阔论坐高堂。风送一首吴越曲，乌篷如梦临身旁。

题报国寺

山峰屹立自巍峨，泉鸣松涛放豪歌。山河壮丽精魂在，男儿感怀必报国。

拜谒陆游祠

沈园题句情深长，中原未定更断肠。纵马大漠八千里，弯弓射雕云飞扬。故国情怀铸亘古，倾注诗文一万章。驱逐敌寇成宏愿，一杯浊酒向斜阳。

登无名山感怀

人老逢秋登山岗，峰顶云深意悠长。寻词觅句学贾岛，品茗何须仿陆郎。胸有点墨自作画，情怀勃发慨而慷。天地正道修身远，儒释道庄书案香。

游故宫

金瓦红墙纳乾坤，石筑台阶庭院深。新燕怎可识旧主，长风走过无故人。荣辱成败空遗痕，敲击廊柱谁知音。天下兴亡多少事，残雪未尽春已临。

独登日观峰

天地造神物，往来历千古。独自复登临，胜迹佳绝处。日月常行运，高下自然出。远近谁观我，我心望有无。

凭吊古战场

北风烈烈气肃杀，衰草凄凄体覆沙。寒江东逝血流尽，暖春复来花仍发。

游园

万花纷谢游人稀，丛草悄然漫踪迹。虫跃禅心似顿悟，
鸟鸣情思若菩提。

临乌江

项王勇力自古奇，兵家胜败犹可期。忍辱负重男儿事，
天时定否[1]当自知。

【注释】①天时定否：项羽兵败垓下斗志顿消，将自己失败的理由归结于上天，长叹「时不利」「天之亡我」。

登山

你争我夺画笑谈，云起潮落相与闲。是非名利何足道，
翠松引领万岁山。

游山寺

道理佛法究何义，乞脑剜身①我利谁？新月初升亏盈满，旧松终尽琥珀成。

【注释】①乞脑剜身：佛经讲的两种发愿修行的方式。

游千年古刹

孤寂香火光暗荧，网尘覆体谁悟空。佛祖端坐无法雨，天堂阴沉起悲风。凡夫贪欲求跪拜，灵台招手扫幽梦。夜色松间窃授意，乾坤日月自通明。

拜谒古寺

三伏拜谒进佛堂，千年安坐呈慈祥。凡夫奔波汗湿衣，佛祖心静自然凉。

游圆明园

胜迹繁华当为谁，车马声喧已沉寂。金屋玉阶摇翠步，外寇侵入化灰烬。惜哉我寻成幽事，旧时明月仍照临。

登琅琊台

秦王巡视登此台，欲求长生究可哀。徐福东渡无回首，仙家何处谁人来？

夜渡

一叶风行波浪间，月视棹小光惊颤。他日平地无怯意，今日起伏知危安。

登山海关

仇恨非天意，杀伐有时期。山川依旧在，人事常更替。关墙添旧痕，呐喊了无息。凭风望沧海，渺遥白云低。

早行

星隐暗色天已明，禅鸣柳间人出行。山远林森云雾绕，风起湖面细浪生。才看霞光染东方，又见败叶点点轻。纵横天地身俯仰，毕竟风云亦无情。

游成都杜甫草堂

浣花溪水依旧流，杜老不识难寻求。草堂何在成过往，来客无语一回头。

夜渡

平步沧海云水梦，巨舰踏浪一毛轻。向来心聚乾坤力，此夜中流自在行。

游普陀山

上上下下来往频，反反复复求问神。佛光难照凡人梦，我来山寺已残春。岁月逝如东流水，人情过似散烟尘。山色无语静默看，海潮起伏动心魂。

山间林屋留住

风压竹枝低又举，山风过后晦复明。卧看云涌起沧海，静闻林动送鸟鸣。已悟乾坤经年岁，天人合一非虚空。起落高下风云卷，道法自然亘古同。

望海

川溪万千汇流东，波涛汹涌沧海容。灵鹤独立非孤傲，唾面自干亦众敬。

淋雨

雷声响彻空，浓云布阴森。霎时风雨来，浑然涤身心。放歌酒肆里，往来随性斟。乾坤君有念，淡淡了清心。

秋雨

人生各有道，名利人多贪。难得平常心，知止当自安。谁识生之苦，夜雨秋气寒。盥濯息心魂，千载无遗憾。

雪夜

夜寝衣被单，雪覆白皑皑。平生立宏志，谁怜高世才。时令有更替，运命无复改。中夜不眠起，踏步通体哀。

月夜临风

朗朗空中月，照我广庭院。清风应秋凉，去暑节无还。今夜月西降，始觉衣薄单。秋尽何相问，枝裸岁晓寒。

新雨

一夜雨来独听闻，一雷惊蛰万象新。归去来兮何求哉？万物去留自行运。始入开端当识途，终结利贞亦铭心。微贱落地润五谷，高贵飞天荡六魂。

月夜

月明风清泪暗凝，思亲遥断旧院庭。母病人间治无药，儿心长念痛此生。

风雨之后

黑云翳日光，疾风动地狂。晨露草青翠，夜寒树凄凉。娇小柔情久，挺高硬损长。生当何所之，去自多悲伤。

惊雷

长天一声啸，江山也飘摇。谁知天之道，日出是今朝。

雨中行

细雨蒙蒙黄河滩，禾苗青壮惹人恋。魂弥乡野动情处，心潮涌起赋诗篇。

望月

月圆缓缓升天宇，长街灯火已零乱。半生长夜望明月，天上人间来相伴。我欲执手倚肩坐，清冷宫帏落幽幔。

月我两融在梦中，无语流盼望泪眼。

雾中行

雾气弥漫天地间，人间万象都不见。疑上尘寰随风去，自知凡胎难成仙。

月夜

明月最多情，临照永不变。笑看凡夫子，夜半还思恋。花影撩行衣，流风相依伴。清辉入我户，缥缈人已眠。

心相逢

荷香一缕入夜风，莺鸣翠柳诉真情。云天澄碧清似水，一轮明月在心中。

日出

晨曦初动东方晓，霞光一片五色飘。能量升腾野旷处，小草动情泪闪笑。

晨雪

黎明平野静，万物洁白身。溪水穿一线，苍鹰已入云。

春雨

乍暖还寒夜色浓，春来无眠气宇清。小楼静泊烟云里，窗前独坐听雨声。

醒亦醉

昨夜月已醉，小路身影斜。岸边青青柳，轻拂腮边花。

望月

宫锁玉兔心思凡，长袖卷卷难舒展。桂树花开无结果，
云路漫漫没乡关。后羿弯弓可射日，月宫至今仍平安。
男儿自有诚与爱，一轮明月任亏圆。

观雪

昨夜风柔悄无声，琼花飘然漫碧空。乡野一片雪光里，
眺望满目玉玲珑。

雪

精灵轻舞悄无声，缠缠绵绵夜初明。天低野旷随意去，
小径洁白落无声。枝条酝酿花烂漫，微风悄传燕叮咛。
深宵谁知梅开早，缕缕香魂寄深情。

雨夜长街行

清秋夜雨冷，长街起寒风。灯光已惨淡，水花溅孤影。空有情满怀，饮恨悄无声。星月已退隐，莫言山海盟。

夜渡望月

海上空明带潮痕，天赐华灯照渡轮。纱笼明镜丹桂影，波光粼映冷霜魂。花前诗酒独饮宴，笙歌孤赏雪封门。晚秋迎送远行客，长天浩荡动乾坤。

春雨

暖风送我入山林，飞鸟鸣唱欲啸吟。千里浮云今散聚，于无声处化甘霖。临崖极度望寥廓，此无知音亦奏琴。五十年来偶一瞥，谁人能解济世心。

听雪

玉絮漫步款款行，起舞随性旷野平。微风入户轻撩拨，庭院几株琼枝动。

闪电

苍龙挥神鞭，风云动昊天。豪雨荡尘埃，辉光破黑暗。

夜宿乡间望月

云聚云散荡宇风，月缺月圆复暗明。静坐无语两相望，万象循道自天成。

春雨乡野行

风轻雨润生蒹葭，溪畔草青田埂花。蹄深铃脆牛车过，林下鸟啼入人家。

雨夜长街行

雨夜长街影孤单，灯光迷离风弹弦。古城生息空寂寥，
三月树梢着轻寒。触人思绪羁行旅，风云变幻路悠远。
爱恋缱绻谁复忆，情缘动心多幽怨。

秋云

秋高气爽云轻淡，地老天荒缈如烟。风过鸿过皆过客，
我生我消怎堪怜。

听夜雨

风轻没噪蝉，暮色入云烟。夜半有新雨，荷残无梦眠。

河边月夜漫步

邀友痛饮酒千樽，客走空室独一人。月下信步黄河岸，

涛声诠诗入梦深。

仲秋夜赏月

一

今见何时月，长街灯火乱。雾起抹银灰，青天落幽幔。近
身旁依坐，无语相流盼。两心若交魂，清缈梦中见。

二

明月最钟情，离乡永相随。孤寂身无主，含笑轻拂衣。

三

昊天清如水，风露又中秋。俯瞰叶飘落，仰望月当头。惆
怅尘海阔，寂寞世间愁。独喜高寒梦，自得纵神游。

临江风

轻风仅一缕，逐日已西斜。怅然浮水过，青草终不华。吟
禅心难静，入世厌俗哗。涟漪泛浸后，终为一粒沙。

大雪

漫天飞雪弥天际，枝头偏压势力沉。昨日雾霾人内敛，
今使机衡向俗侵。天象轮回如斯是，何如寒禽宿荒林。
银光素裹新世界，洁白成词或能吟。

咏雪

玉宇飞屑落九霄，气韵平和自多娇。疑是太虚幻化境，
人间洁净污垢消。

看夕阳

独立崖边看夕阳，红云满天尽辉煌。古今多少吟咏者，几人泪洒痛断肠。

海上观日出

浪卷云天溶腾火，日升射放万道光。天地运转循古理，清风拾韵鸥鸟翔。

沙尘暴

一上蔽天万里愁，沙尘席卷风满楼。树折鸟下绿野摧，春光暗淡似到秋。天道莫问自昭彰，人道当策应谋求。

望月

华光盛盈自为诗，人心长期待满时。天道不纵月圆夜，

亏缺无诛常迟迟

抱璞集　卷八　状物咏怀

亘古泉酒

醇香出神曲，陈酿汲美泉。春来酌新酒，忘情醉入眠。

雏燕

初上凌空起，风吹翅乍凉。林已入秋色，山崖映落晖。奋力向高远，心动魂惊颤。青溪送归路，月伴夜歌还。

半死柳

春来不见柳绦垂，复入旧宅万事非。枝枯无芽柳半死，空房孤听雨淅沥。

咏兰

幽兰独秀兮在山岗，清香乘风兮袭四方。揽荷高洁兮润碧波采撷光明兮沐万象。虫啾啾兮夜鸣，寒萧萧兮晓霜。经雷电兮昏晨，历百艰兮以笑。嗟岁月兮几何，凝精魂兮遐眇。宜人兮咸喜，清扬兮窈窕。

梅花

雪压枝头花早发，凌寒傲骨情潇洒。春风摇荡自零落，时序无改顺大化。

萤火虫

小小流光荧，飘飘渺翅轻。道常无名朴，智晖暗中明。

苍鹰

生来品自高，风度亦多娇。鹏程亿万里，剑翅凌云霄。天高寒彻骨，义情如风涛。历尽千般苦，雷动数翎毛。

鹰

生性气概动苍穹，冲天展翅尽风流。清高自傲唯我有，
高怀洒脱独巡游。

观盆景

缥缈云天远，苍茫咫尺间。盘根错节处，思绪已百年。

梅

钢骨铁枝凌冰雪，不随时俗绽芳华。浓情尽在寒中放，
清香早溢万树花。

题亿城寺唐槐

华盖葱茏历千年，天道铸魂身巍然。李杜当年曾倚树，
风雨至今颂诗篇。

咏蜂

槐花开处蜂喧闹，晨曦唤醒花魂笑。辛勤劳作酿甜蜜，春神笑赞君行早。

牵牛花

悄悄上篱笆，悠悠举喇叭。牵绿入夜梦，晨开是心花。

观虎

此身生来兽中王，如今受困入围墙。安居闲卧志丧去，雄风何时再闪光。

残荷

秋声冷吟浮水间，雨打风吹叶又残。羞与黄花争艳丽，已留清香在人间。

观盆景

朽木亦可藏天机，枝繁叶茂现神奇。意蕴千秋岁月久，咫尺天地有四季。

春柳

春风一宵百花摧，细雨沐枝润晓晖。纤叶初露新绿出，落红流散碧绦垂。

秋菊

秋雨过后秋风凉，衰草丛中吐花黄。秸秆倒处秋色冷，寒士向晚满庭芳。

赠陈王酒厂

原浆一品唇齿香，酒花祥瑞泛春光。陈王台上诗文赋，洛神浅笑溢芬芳。

咏莲

身处泥污不染尘，冰清玉洁香怡人。秋风秋雨红颜去，籽实满腔济世心。

荷塘

池塘水浅无风波，荷叶轻摇蜻蜓落。几声蛙鸣香凝处，小荷已露尖尖角。

河边小草

青青河边草，头顶一片天。祥云洒禅雨，尘世起佛烟。清气风迎送，日月光流连。最是可人处，株株气骨坚。

旷野老树

盘根错节已百年，深植大地心底宽。世态万象容冷热，旷野独唱绿荫恋。

咏松

挺拔入云自玉立，上天施布参禅雨。凡尘谁添物欲色，日月轮回起清宇。

桃花

田园美艳淀桃花，春来风暖人闲暇。细雨悄悄催夜晓，万树花开映朝霞。

泰山迎客松

风姿绰约立崖壁，身躯舒展揽峥嵘。来来往往凡俗客，亲亲切切一样迎。

题野草

春风春雨润无声，无边旷野最情钟。随情尽性漫天碧，伴君酒醉一梦中。

咏梅

生来傲骨坚如钢，精魂自化雪中香。知音若遇定相近，愿寄深情伴春芳。

咏野花

无人迹处自舒张，孤芳清雅情独赏。扼腕长叹心踯躅，花飞四野影留香。

咏梅

身不伟岸骨如钢，枝有勇毅傲风霜。冰释泉吟遇知音，
气韵凝聚雪中香。

紫藤

盘根青翠势成龙，枝繁叶茂绿荫浓。绕柱攀爬盘如铁，
扩界伸张骨似铜。荒野生存何所依，庭院握土六神通。
才貌应是天赐予，自我成就靠奋争。

清荷香

生来与水最有缘，琼枝玉叶共枕眠。秋雨秋风尽随去，
柔情蜜意藕丝连。

秋叶

秋霜风起叶落飞，梦觉情绝无凭依。休拟雨笺云着字，寒起绿隐了无计。

登峰顶见卧松有感

峰顶侧卧亦参天，枝叶簇拥立万年。铜身铁骨风云里，沧桑阅尽自伟岸。

咏蝶

破茧翩飞自风流，花间漫舞夏到秋。轻步逐风若相问，梦中可否遇庄周。

题亿城寺古槐

阅世已千春，铜铸高柯身。谪仙曾倚树，风雨作龙吟。

鹰

生有凌云志，长空独步闲。剑翅逐云去，昂首乘雾还。俯视凡尘路，仰望日月圆。飞动惊风雨，静立悟真禅。

庭前花初发

庭前几束花，红紫芳菲发。风传有诗韵，雨过灿如霞。梢头闻春讯，月色梦新芽。临窗心舒展，蝶舞蜂潇洒。

葡萄树

年年岁岁果相似，岁岁年年枝不同。兴衰更替有冷暖，日月临照自公平。

咏辣椒

色有红青黄，身不论短长。辛辣人喜爱，生来热心肠。

布谷

布谷声起催播种，长悠短脆悦耳鸣。农家最喜墒情好，孩提梦萦绕长空。

银杏树

挺拔身卓立，虬如松柏苍。雨来叶青翠，风过枝不狂。有情拥大地，无意伴月唱。浮名非我愿，秋实自流芳。

咏梅

寒未尽时花早生，春正兴暖叶晚成。花开花落独属意，成败得失自钟情。雪压枝头无惊畏，风光独占谁相轻。

悟松

古松蕴神骨，枝干势突兀。凌霄写深相，俯视状真物。奇貌构至道，极态索穷图。万境化自然，百思归有无。

冬青树

生来资质盈至精，常青无关秋夏冬。一生肝胆无凋谢，天地阴阳自纵情。

早梅

雪压枝头花萌生，寒风吹来香动凝。风光无语先占得，春来总是叶晚成。寻芳已是落红早，攀枝无意鸟飞惊。桃李欢喜春意闹，世人浪喧谁相轻。

冬青树

高树林立挂凌霄，风雪侵袭叶早凋。体微肝胆无穷碧，凡物视君颜色好。

鹰

万里昊天一飞鸟，风雨雷电知多少。独游长空无相伴，秋毫①雄起去寂寥。

【注释】①秋毫：指秋天鸟身上新长的细毛。

叹花

花开花落谁人知，凝香总在未开时。如今芳菲早已去，绿叶簇拥果满枝。

咏菊

枝叶如蒿自护持，清香凝露溢秋时。身不择地心向远，精魂示人入画诗。

咏竹

栉风沐雨立根深，见素抱朴守诚真。枝叶文起成诗画，少私寡欲绝虚心。尘埃落处实为害，节节护持难入侵。

孤树

野旷独立自凌空，碧草绵远向天倾。唯有绿叶任挥洒，息机忘世竟日风。

笼中鸟

锁在金笼罩紫衣，娇宠谨侍羽轻移。百啭千声音色好，何如林间自在啼。

秋蝉

落月滴露乍清冷，林间孤栖又临风。谁知扪天缘何事，浅吟低诉不暂停。

水

滴滴汇聚江海成，穿越沟壑流向东。寒凝筋骨生坚韧，
魂铸上善融天性。

蜂蝶

蜂入芳菲势呈狂，蝶倚苞蕾臆生妄。误将花期入梦呓，
不知天地有清霜。

鹦鹉

学舌小技迷恋人，金笼雕饰容其身。此生难得山林去，
可有飞翔万里心。

观盆景

崖隙不老树，此时盆中移。苔封畸曲枝，病枯反为奇。百年生已久，岁寒骨透理。今日上厅堂，谁知君真意。

乡居

尘世俗务已散去，结庐乡野逍遥人。一杯清茶浅酌品，一抹闲云自随心。一缕清风独快意，一轮斜阳向黄昏。

咏荷

月下微风送清香，蛙鸣声声夏夜凉。君姿娇艳特亭立，甜美入梦满庭芳。

与同学相聚

一

微尘一粒何所愿，清风一缕伴终生。谁人知我今生事，把酒向天不复醒。人醉非醉情未了，日出已是乾坤明。

十七载成过往，吾辈有约续来生。

二

弟姐妹今生聚，凡尘未了几多情。有缘何须问青天，
谈一瞬美梦萦。

示人

生苦短数十秋，尔虞我诈复何求。良善仁义大如天，
逢一笑泯恩仇。

晓观歇窗蝶

游天地迎光明，身历暗夜难几重。蝶化翻飞自快意，
立独行非小虫。

醉酒

小酒饮罢三两盅，心旌飘摇魂魄动。世俗纷扰已消散，
一场游戏一场梦。

黄河滩观鹞鹰飞旋

天赐生长黄河滩，稚羽起于蓬蒿间。长风吟啸砺剑翅，
雷电轰击铸骨坚。皇天后土育灵性，红日明月定神元。
昊宇旋飞风云动，大河浩荡落日圆。

过咸阳

边陲小邦图自强，始皇挥手六国亡。咸阳一梦成古道，
西风鼓动吼秦腔。

暮春

春风吹落花千树，香消殒灭付水流。声色犬马已过往，绿叶苗壮雨浇愁。

黄河岸边漫游

天赐生长黄河滩，燕雀起于蓬蒿间。皇天后土育灵性，河水丰盈涤尘寰。群鸟翻飞逍遥游，我心欲翔上九天。鱼乐逐浪自快意，情娱涌动舞蹁跹。

观武展兄传影像有感

江南八月已入秋，秦淮流水伴人游。乌衣巷口旧闻在，香君不惹人自愁。

赠世华姐

世事纷扰我自静，华光初起诗情动。姐妹兄弟乐互娱，好哉美哉群有梦。

看本启、汉民微信抒情

树老根深益青翠，花开百年自芬芳。本启梦萦痴心重，汉民力推系真情。

老树

树老根深体骨壮，怎奈秋风布苍黄。蜂欢蝶舞随风去，何叹世态炎与凉。

湖边向晚

湖边独坐夕阳红，秋风苍凉苇花轻。一行白鹭飘摇去，老夫心涌少年情。

彻夜未眠

一夜未眠思绪乱，一生有幸历履艰。凡夫常怀千古志，俗世苦成百年愿。小人利己心污浊，丈夫谋公情无边。矢志报国男儿事，誓死奋争敢为先。

偶得

不信鬼神不学仙，不贪钱财不恋权。此来人间谁得道，乡野庙堂何须言。

入川

五十五岁出乡关，心有猛志向远天。年过半百复旧梦，齐鲁清风今入川。

听雨

夜半凭栏听池雨，残荷情幽诉如泣。风来窃递凄凉意，今夕梦醒复何夕。

柿子熟了

青春初心萌炽热，果熟方显金秋色。柿柿如意难尽意，个个香甜蕴苦涩。

深夜无眠

人生苦短少妄念，情义深长多幽远。蝶化翻飞自快意，梦中鹏翼摇九天。今日放歌须纵酒，明朝忘情云水间。残垣断壁旧时景，废铜烂铁值几钱。望穿泪眼何求索，洞察古今一线天。

晚秋

枫叶飘零起晚秋，少年入梦已成空。情缘去留天注定，清风明月在梦中。

滴水之梦

冰川滴水一溪长，携手呼聚起大江。急流直下海天去，霞彩红日升东方。

日出

长天几丝云悠悠，曙光萌动淡写愁。一轮红日东方起，霞彩如血绘春秋。

题武展兄

注：微信传安徽泾县查济古村落。

小桥流水小乡村，白墙灰瓦唱古韵。齐鲁游侠今造访，晨起紫烟夜鸣琴。

题武展兄

注：微信传桃花潭迎宾牌坊影像有感。

桃花潭水实清浅，李汪挚情千古传。你来我往皆过客，后人不解石无言。

望月

少年时节情初萌，月朦胧来鸟朦胧。年已半百方知晓，人过五十才懂情。皓月当空清辉洒，寒露逐梦心域冷。

月移西天伴夜去，枝头红叶思更浓。清风明月影惆怅，恩怨快意了平生。

寒露

寒露细雨秋风凉，叶辞枝头别情伤。离愁千绪无须诉，明年春归随风扬。

微信群夜静有感

今夜群里悄无声，各路游侠①隐行踪。才俊静默觅词句，群主闭关去修行。夜猫偷懒窝静养，酒仙沉醉不骚情。群众无语心期待，新闻早报再聆听。

【注释】①游侠：十一国庆长假出游的同学。

仲秋夜无月

良宵云蔽月，平添几抹愁。相思寄遥夜，情挚苦长忧。望断天涯路，携手伴君游。今夕复何夕，风诉月满楼。

仲秋

仲秋细雨暮重帘，嫦娥玉兔月宫寒。桂花敛香霜露染，吴刚醉酒梦缠绵。祭拜香烛叩遥天，痴望靓影遮云雾。祈福但愿人长久，祝愿千里共婵娟。

咏石榴

初上枝头沐春风，秋来颜彩情更浓。籽实饱满开口笑，香甜惹人心更诚。

望月

江河万里秋月明，昊天无云澄碧空。心生空明云天远，凡尘万物亦空灵。

重阳节咏梅

一

故园黄花逢晚秋，重阳绽放晨霜收。佳节思亲登高处，怎拥身前诉新愁。

二

篱下菊艳何须采，月夜清香扑面来。古今圣贤多吟颂，只因此花傲霜开。

乡径

偶见溪畔野草丛，新绿跃生露珠莹。日光月影移纸上，助我夜半诗兴浓。

秋菊

凄风苦雨又一场，暮秋唯有菊花黄。时序循规天之道，我自香艳无群芳。

秋雨

青春已逝数十秋，少年何时早白头。残叶败草声声诉，冷风细雨点点愁。

晨霜

霜降已过叶苍黄，朔风起时夜寒凉。云来洒下烂冬雨，林间栖鸟向南翔。

赏花鸟画作有感

四季花开应时令，赏阅总在图画中。蜂蝶留恋蜻蜓立，众生谁解芳馨情。

与同学相聚

注：二〇一七年十月八日十一国庆假期最后一天，菏泽石宁菡、邓翠芳、葛金府、郓城李凤增、李文喜、李效春、宋汉民诸兄弟来鄄一聚。

一

今生庆幸今生缘，谁知来世重相见。君若有情长相思，且让今宵梦美圆。

二

今生天定你我缘，千辛万苦心也甜。与君相逢只一笑，刻骨铭心终生恋。

同学雅聚有感

注：二〇一七年十月十五日，郓城宋汉民、李凤增诸君邀约菏泽肖钦敏、张洪峰、申景明、王本君、刘景华五位同学赴郓城相聚，图片发同学群，本人感动，感怀良多。

一

乾坤有宏域，大道任我行。尽逐前路远，无极后福生。此生有穷期，来世永长青。携手伴君望，明月映长空。与君饮一杯，今宵梦永恒。

二

人生苦短情谊长，朝朝暮暮两相望。与君共饮一杯酒，永弃轮回伴君旁。

三

兄弟同窗已并肩，姐妹携手结美缘。爱恋情义共珍重，伴君无悔向远天。

四

汉民兄弟真有才，才华才能财富来。府中五杰同如约，郓州哥们共关爱。石榴山楂红似火，美味佳肴酒添彩。一曲吟罢情未了，终生醉醒梦萦怀。

五

人生已过万重山，春夏秋冬复永年。你来我往有情义，音断信绝无思念。俗事已累何时了，自加压力怎核算。今有兄弟姐妹情，永结今生来世缘。

六

郓州兄弟好汉郎，府中五杰同拜望。酒醉语切尽情义，汉民山楂放红光。此生美味何求索，驴肉壮馍西瓜酱。他日饮酒定有念，何时郓城醉一场。

七

郓城兄弟有真情，府中诸君已成行。只差娇艳一两朵，圆满中缺一点红。汉民兄弟再有约，谁不如约悔余生。

悼汉民兄弟

吾弟逝兮何匆匆，惊闻噩耗恍若梦。音容笑貌忽成昨，诙谐戏谑化幻影。心痛切切夜无眠，悲哀绵绵泪长盈。天不假年惜英才，时不沽贷愧贤能。长天无语寒入骨，江河呜咽痛失声。遥送西行弟走好，拜祈仙居月长明。今生有缘同相识，来世邀约共重生。

祭汉民弟驾鹤西去

来也高声啸长天，去时轻渺已如烟。天道无常谁人怨，驾鹤西去且游闲。天界五彩花烂漫，瑶池琼浆着玉筵。霓裳羽衣妙音起，仙女执手舞翩跹。嫦娥奉献桂花酒，龙凤呈祥飞绕旋。身无负累性情纵，笑意盈盈歌永年。

致宁菡

注：郓城宋汉民弟于二〇一七年十二月二日英年早逝，菏泽师专中文系八〇级同学皆痛惜伤感。三日后谈及汉民弟宁菡仍哀痛切切，我心有感触、感动，特致。

尘世繁杂乱纷纷，坎坷磨难不由人。微尘一粒随风去，
沧海一粟奈何津。生老病死皆定数，何须叩天拜鬼神。
梦中鹏翼傲苍天，蝶化翻飞谁比伦。率真直性本自我，
一缕清风逍遥魂。

深夜独坐

人生几步长短行，尽览世间苦乐情。幽室独坐向天问，
寒夜雪落悄无声。

江堤行

堤岸几行树，经霜叶落红。停舟读好句，江风颂高声。

跋　读《抱璞集》

我与方林先生曾经一同在家乡县委工作，那时他是我的分管领导，彼此合作很好，业绩斐然。当时他主抓理论宣传与党员教育工作，也曾经分管过文联工作，是孙膑研究专家，给我的印象是口才与文采俱佳，为党员干部进行理论培训的时候，他从不看讲稿，因为他从不带讲稿，一切都在他的脑中，娓娓道来，逻辑严谨，层次清楚，却又不失幽默风趣，不知不觉一堂课结束，往往让人意犹未尽。而且他还喜欢写散文随笔和新体诗，经常见诸报端，文笔清新，不时迸发出思想的火花，耐人寻味。他将这些文字结集出版为《时光与影》《生命的记忆》等，山东省作家协会主席张炜先生和《人民文学》主编施战军先生曾先后为之作序称赏。后来，我离开了家乡来到省城进入高校工作。现在，我们虽然没有像之前联系那么紧密了，但是我每次回到家乡都要与之相聚，所谈的话题仍然与文学创作有关。前段时间他给我发来他的旧体诗集，读过以后让我眼前一亮。

所谓旧体诗，主要是为与现代的新诗相区别，它包含两方面的含义：一是指新诗出现以前，自《诗经》以来的辞赋、古风、律绝、词曲等，与「古典诗歌」的意思相近。二是指新诗诞生后，现代人用古典诗歌形式创作的主要表现现代人生活和情感的诗歌作品。目前，旧体诗创作中，有一部分在格律上严格遵循古典诗歌的要求，有些则并不拘泥于传统的格律。尽管新诗已成为中国现代诗歌的主要形式，但旧体诗的创作没有中断，仍有一批旧体诗创作者在探索着，他们在以这种体式表现现实生活方面做了不少尝试。

方林先生所写的旧体诗，总体来看多属于古风，因为古体不受格律声调的拘束，可以自由抒发想象情感，和新诗比较接近，也符合作者的性格特点和写作习惯。方林先生不是典型的诗人，既没有风云变幻、浪迹江湖的生活，更没有超越现实的主体意识和缠绵悱恻的情思哀怨。他是一个理论工作者，经常占据意识的，大部分是抽象性思维，这和形象思维可以互相补充，但却不容易同时引发运用，也是事实。不过作者有着对历史的观察与思索，有着对生活的理想与憧憬，有着对社会的期望与悲悯，也经历过人生的坎坷与痛苦，这些都成为他创作的源泉。作者性情豪迈，思维活跃，又具有扎实的文学素养，所以每当研读之余，欣赏自然，缅怀古今之际，油然而生抒发感触的情绪，随兴所至，笔意纵横，便形成了这部诗集。

简而言之，这部诗集具有以下特点：一、就文体定位来看，诗作多以古体的形式展现出来，虽然没有严格遵守平仄对仗等格律，但它形式完整，语言晓畅，音韵和谐，节奏鲜明，读起来具有较强的音乐感与韵律美。二、从题材来看，作者既关注现实，反思社会，品味生活，感慨人生，也咏史怀古，念友思亲，托物言志，借景抒情，表明了作者的人生态度和哲理思考，时代性、社会性、现实性都比较强，且具有一定的思想深度和理论高度。三、从表现手法来看，作者不玩弄生涩的词语，不显卖高深的学问，而是「清水出芙蓉，天然去雕饰」，用明快的语言、白描的手法叙述出来，追求一种淳朴自然、平淡有味、感情真挚、通俗易懂的表达效果。这对于当下诗坛来说可谓是一股清新之气。四、从结构来看，大部分作品由两个层次构成，前半部分写的是历史上及生活中的事实、经历或现象，后半部分则是在此基础上进行的思考或反思，是对前者的评价或评判。作者真正主旨主要表现在后半部分，这有点类似于传统诗中的起兴手法，卒章显志，也能起到画龙点睛之效。但整首诗却又文气贯穿，前后谐调，没有割裂之感。五、从格调来看，作者虽然关注的是世俗社会，但诗人从中发现与表现的却是当下许多人所缺乏之而又需要的基本的人生哲学，具有真实的感触、温暖的情怀、开阔的胸襟、深广的意境，因而能够引起读者的共鸣。这种从世俗生活到诗意情怀的转化与诗人的学识、修养、情怀、境界等个人元素密切相关，也与诗人发现与表现诗美的能力有关。

更为重要的是，通过这些作品，能够使得我们深入到作者的内心深处，探寻他的精神世界和心路历程。方林先生小时候生活在农村，深受传统思想和家庭文化的熏陶，熟悉田园生活，参加过农业劳动，体会到劳动的艰辛，也享受到劳动的欢乐。这也铸就了他坚毅、纯真的品性以及济世报国、建功立业的壮心宏志：「不谙世事艰，不识人情深。所念屑小扰，不乱济世心。」（《尘世词》）从而影响到他投身仕途的行动。所以，在他的咏史怀古诗中，时常流露出一种家国情怀和责任意识，无论是秦皇汉武还是唐宗宋祖，无论是忠臣贤相还是权奸枭雄，他都有自己切实而独到的见解。但是宦海浮沉也让他感受到了仕途的艰辛：「仕道侵贪渎，公务荒功德。」（《杂记·三》）因而对于现实社会与自身有了更加深刻的认识：「少壮有宏愿，敢为天下先。择业不复归，入道难回返。本无庙堂志，性情在河山。羁鸟今欲飞，天海任飞旋。」（《田园居·二》）作者渴望能够顺其自然，更加热爱田园生活，热爱自然的生活方式：「朝起耕闲田，夜归读自娱。」（《闲居故乡有感》）「人若弃朝市，天成榛丛萩。生者多幻化，忘情何为忧。」(《田园居·四》)田园成为他的心灵栖息之地，精神皈依之所。方林先生的顺其自然，表现在衣食住行、伦常交往的日常忧乐中，也表现在与历史的对话交流中，作者最惬意的时候就是能够神游宇宙之中，「俯仰察乾坤，心乐神灵光」(《初春入居故乡》)。达到化入自然、物我两忘的境界，而这是在官场体会不到的。所以，在作者的笔下，表面上是描写田园的风光、物候和日常生活，但内心里却是借助对田园的描写和历史的评判抒发胸臆，忘掉世俗的一切，「今宵世情远，无语向自然」(《乡间独酌》)，追求自在的生活和淳朴的情谊，钓鱼饮酒、读书作诗、交友问道等无不成为人间的乐事，作者用平易、朴素、自然的语言传达出醇厚深远的情思和韵味，表现出一种物我浑融的审美境界和超然旷达的人生态度：「坦荡清风去，豪迈铭心志。」（《人生·二》）总之，方林先生追求的是大俗与大雅、入世与出世的融合，这与传统文化、现代精神都有很深的契合。古人有谓：「文与人一」，通过这些文字，也让我们切切实实感受到方林先生真正的人格魅力。

著名诗人、诗论家蓝冰老师对于方林先生的诗集评价更是言简意赅，允实恰切，附之于后，以飨诸君：